횡포가 나를 키운다

KB140272

횡포가 나를 키운다

유병근 유고 수필집

도서출판
작가마을

유고집에 붙이다

신 서 영 (드레문학회 초대회장)

둥치 큰 벚나무들이 빚어내는 그늘이 깊다. 그악스럽게 울어대던 매미도 숨을 고른다. 사람들의 발길마저 뜸하다. 눈에 익은 시인들의 시가 적힌 팻말이 드문드문 꽂혀있는 골목에선 발걸음도 레가토다. 문득 호젓한 이 길을 수없이 오갔던 스승님이 간절하게 그립다.

우거진 나무들로 하늘이 보이지 않는 길이 느닷없이 아득하다. 불을 환하게 밝힌 빈빈의 통유리창이 눈에 들어온다. 뜰을 차지한 감나무가 창문 가득 농담을 조절하며 수묵화를 그린다. 사방 벽면엔 책이 가지런히 꽂혀있어 서점 같다. 큰 탁자를 마주하고 스승님은 정갈한 모습으로 제자들을 기다리고 계셨다. 숱한 세월이 지났어도 한결같았던 그 시간이 오늘따라 더 그립고 애틋하다. 구순을 바라보는 스승님 앞에서는 백발이 된 제자도 문학소녀였다. 우리가 배우는 것은 시와 수필만이 아니었다. 눈앞에 보이지 않는 내면의 나와 조우하면서 문학 외적인 삶과 인생사도 학습했던 것이다.

스승님 가신 지도 벌써 두 해가 지났다. 올여름은 더위가 맹위를 떨친다. 장작불 앞에 앉은 것처럼 열기가 뜨겁다. 피서는 생각지도 못할 때는 방콕이 정답이다. 집 안에 쌓여있는 책을 정리하기로 한다. 오랜만에 스승의 시집과 수필집을 꺼내 본다. 〈싸리꽃 풍경〉과 〈꽃이 멀다

〉를 펼치니 행간에서 빙그레 웃고 계신 그 모습이 보이는 듯하다. 스승님의 문하에 들어가 처음으로 받은 수필집이다. 한두 번 내리읽어도 무슨 의미인지 알 수 없었던 문장에 연필로 밑줄을 그어 놓았다.

"소나무의 껍질은 소나무의 공책이다. 바람이 오면 바람을 받아 적고 눈비 몰아치면 눈비를 받아 적었다. 바람에 꼿꼿하게 버티고 선 등줄기, 그 속의 심지를 줄줄이 받아 적었다."
"잠자리 두 마리 장대 끝에 앉아 있다. 가위바위보처럼 눈을 두리번거린다. 하나는 왼쪽으로 눈 굴린다. 잠자리는 어느새 널따란 보를 가위질하고 있다."
"통영이란 말속에는 잔잔한 파도 소리가 있다. 통영이란 말속에는 그림엽서 같은 바다 풍경이 깔려있다."

언젠가 문학기행 때 분재와 수석을 수집한 곳을 들렸다. 주인장은 나무와 돌의 얼굴을 찾아주는 것이 사물의 진정한 아름다움이라 했다. 나무마다 생김새가 특이하고, 수석도 형체가 다양해 그 신비로움을 극찬하며 감탄사를 연신 토해내고 있었다. 그때 스승님은 아무런 문양도 없고, 어느 한쪽 기운 데도 없는 그냥 매끈하고 두루뭉술한 큰 돌을 좋은 수석이라 하셨다. 사람이 보살핀 흔적이 느껴지지 않을수록 가치가 있다고 덧붙였다. 산수경석이나 물형과 문양을 품은 돌은 겉모양만으로도 이목을 끌지만, 감상하는 사람의 마음으로 읽히는 것이 좋은 돌이라고 나름의 안목을 피력하셨다.
아! 그렇구나. 시시때때로 표정이 변하지 않고 침묵하는 돌이라면 자연 그대로에 있는 것 아닌가. 순간 정신이 번쩍 들었다. 큰 바위가 험준

한 계곡을 굴러 내려오는 동안 모진 풍상을 다 겪었으리라. 깨지고 마모되어 뭉툭한 돌덩이가 내 앞에 있음에야. 고난과 역경 속에서 무슨 아름다운 문양을 욕심내겠는가. 나도 모르게 선생님 얼굴을 훔쳐보았다. 이렇듯 사물 하나에도 사색과 철학으로 이끌어주셨다. 그래선지 집필하신 저서에는 누구나 흉내 낼 수 없는 상상력과 감수성이 깃들어있다. 또한 시적인 언어로 조탁한 문체는 기발하고 참신하다. 이러한 교수법으로 우리를 가르치셨다. 하지만 그 그림자도 따라가지 못한 채 안개 속에서 헤매고 있었으니 함께 한 시간이 두고두고 아쉽고 그리울 뿐이다.

불교에서는 사제 간이 되려면 일만 겁의 인연이 필요하다고 한다. 더군다나 이십여 년을 매주 스승과 제자로서 마주하고 글공부를 했으니 귀하고 특별한 인연이다. 수업 시간 틈틈이 글을 쓰는 것보다 가정에 충실하고, 문학상에 연연하기보다 누구나 감동하는 글 한 편 남기라고 당부하셨다. 사람의 됨됨이는 물론 자연현상이나 사물을 관찰하는 안목을 가르치셨다. 말수가 적어 제자들의 수다에도 내색 없이 그냥 통영 벅수 같은 웃음을 지으셨다. 인생 숙제가 대충 끝난 인생 2막에 이렇게 고졸한 인품을 가진 스승을 만났으니 내 삶도 성공한 삶이 아니던가. 때로는 인생 멘토까지 되어주신 우리 스승님.

우리 제자들은 스승님이 만들어주신 큰 그늘에서 모두 작가로 등단했고, 2010년에 〈드레문학회〉를 결성했다. 벚꽃 흩날리는 하동의 봄, 순천만의 갈대밭, 전국 곳곳에 문학기행을 다녔다. 오키나와에 갔을 때는 '마부니 언덕'에 있는 화살표를 꼭 봐야 한다며 청년처럼 앞장서시던 모습이 아직도 눈에 선하다. 2015년에는 동인지(에스프리 드레)를 창간했으며 올해 9호 동인지가 발간된다.

생전에 책 한 권 분량의 수필을 작가마을 출판사에 보관해두셨다는 소식을 전해 듣고 놀랍고 반가웠다. 어떤 작품인지 궁금하기도 했다. 그래서 제자들은 유고집을 펴내기로 했다. 어려운 시기에도 선뜻 비용을 찬조해주신 동인들의 깊은 정에 감동할 따름이다. 동인이 아닌데도 스승님과 인연이 닿아 동참해주신 수필가님들에게도 고마움을 전한다. 또한 스승님의 작품을 보관하고 출판에 신경 써 주신 작가마을 배재경 사장님에게도 감사드린다.

　얼마 지나면 골목길의 벚나무도 단풍이 들고, 빈빈의 감나무에도 열매가 탐스럽게 익을 것이다. 스승님은 발갛게 익은 감을 감나무의 심장이라고 하셨지만, 나는 이 유고집이 스승께서 이 세상에 남기신 꺼지지 않는 불꽃이라고 말하고 싶다. 머나먼 곳에서 타임머신을 타고 오신 듯 유고집 행간에서 생생한 언어로 스승님을 다시 뵙게 될 그날이 기다려진다.

　붉디붉은 가을이 저만치 오고 있다.

책과 메모지를 끼고 사셨던 아버지

유 종 훈 (고인의 3남, 소방공무원)

아버님이 돌아가신 지 어느새 2년이 지났습니다. 저희 가족들에게는 아버님의 존재가 너무나 커 어떤 말로도 담기가 어렵습니다. 그렇기에 그 빈자리가 늘 허전하고 가슴을 아립니다. 아직까지 집 안 곳곳이 아버님의 흔적이기에 그 황망함이 더 합니다. 이러한 마음은 저희 어머님이 더 하실 테지요. 그래도 겉으로 내색하지 않고 잘 계시는 어머님이 자식으로서는 그저 감사할 따름입니다.

그리고 무엇보다 〈드레문학회〉에서 저희 아버님을 기억하고 또 수필 작품들을 모아 유고수필집을 펴내신다니 반가움에 앞서 고마움을 어떻게 표현해야 할지 모르겠습니다. 저희만의 아버지가 아님을 다시금 느끼게 됩니다. 또 늦었지만 장례식장에서 마음을 다해주신 선생님들께, 특히 〈드레문학회〉 선생님들께 이 지면에서 감사의 마음을 표합니다. 정말 고맙습니다.

저는 아버님의 문학 인생을 늘 곁에서 봐 온 터인지라 그리 새삼스러울 것은 없었습니다. 그냥 아버님이 하시는 일이겠거니 하면서 말입니다. 하지만 성년이 되고 세상을 살면서 문학의 길이 그리 간단한 일이 아님을 어렴풋이 알아갔습니다. 그래서인지 아버님이 지닌 문학의 깊이를 저는 가늠할 수도 없지만 마음으론 '우리 아버지, 참 대단한 분이

시다'는 자긍심이 있었습니다. 아버님은 집에서도 언제나 책을 손에서 놓지 않으셨고 가족끼리 어딜 가더라도 항상 틈틈이 메모지에 무얼 쓰곤 하셨습니다. 그것이 나중 아버님의 시와 수필로 탄생되었음을 짐작만 합니다.

저도 한때는 아버지처럼 글을 써볼까 한 적도 있지만 마음대로 되진 않았습니다. 아버님을 볼 때 스스로의 엄격함이 대단한 분이셔서 문학을 하려면 먼저 아버님 같은 자세가 되어야 하기에 자신이 없었습니다. 아버님은 말씀 하나, 행동 하나에도 늘 진중하고 바르셔서 저희들은 아버님 앞에서는 언제나 모범생이 되었습니다. 저절로 그리되었습니다. 이리 하라! 저리 하라!가 아닌 생활 속에서 가정교육을 실천하셨던 것입니다. 그러하셨기에 아버님의 자세로 문학을 한다는 것은 더욱 힘겨운 일임을 자각했습니다. 막연한 동경과 실제 창작에는 엄청난 차이가 있음을 느끼곤 글쓰기를 포기했습니다. 언제인가 제게도 아버님의 문학 기운이 차오르는 날 다시 도전해보겠습니다.

이번에 펴내는 아버님의 유고 수필집이 매주 얼굴을 마주하여 함께 문학이야기를 하셨던 〈드레문학회〉 선생님들의 애정으로 발간된다는 사실을 아버님은 저세상에서나마 크게 기뻐하실 것입니다. 아버님의 기뻐하시는 잔잔한 미소가 벌써 떠오릅니다. 다시 한번 감사를 드립니다.

모쪼록 저희 아버님을 기억해주시는 모든 분들에게 충만한 문학의 샘물들이 가득 채워지시기를 빌어봅니다. 감사합니다.

유병근 유고 수필집

차례

횡포가 나를 키운다

유병근 유고 수필집

차례

횡포가 나를 키운다

유병근 유고 수필집

차례

part 1

돌담에 등을 기대고

제비꽃을 보다가 민들레꽃을 본다. 제비꽃을 볼 때는 오종종한 작은 쪽빛이 마음에 든다. 민들레도 돌담 아래 자리를 잡고 노랗게 햇빛을 쬐고 있다. 돌담 발치에 피는 꽃은 바람막이가 된 돌담에 등을 기댄다.

장미처럼 넝쿨을 뻗어 나가는 꽃은 가시를 몸에 단다. 함부로 몸에 손을 대지 말라는 으름장이 가시에 있다. 꽃이 탐스럽다고 꺾을 경우 뾰족한 가시 때문에 괴로워진다. 숙녀의 날카로운 하이힐 굽도 장미꽃 줄기에 매달린 가시나 다름없는 일종의 무기 같다. 날카로운 굽은 또각또각 소리를 하는 걸음걸이의 멋만은 아니다.

제비꽃은 피는데 제비는 오지 않는다. 예전에는 전깃줄에 나란히 앉아 쉬던 수십 수백 마리나 되는 무리였다. 오지 않는 제비를 그리워하는 제비꽃인지도 모른다.

제비꽃에겐 돌담이 현주소다. 민들레꽃은 돌담 아래가 마음에 차지 않아 낙하산 같은 씨앗 봉지가 되어 더 넓은 낯선 곳으로 날아간다. 개척자 정신을 가진 민들레다. 그러나 제비꽃은 비가 오나 바람이 부나 제자리에서 지킴이 노릇을 한다.

제비꽃처럼 한 지역에서만 뿌리를 뻗어 사는 사람이 있다. 민들레처럼 더 멀고 넓은 지역으로 가서 터를 잡는 사람도 있다. 그런점 제비꽃은 보수적인데 민들레는 진보성향이라고 할까. 보수와 진보가 서로 어울려 살듯 돌담 아래 제비꽃이 피고 민들레꽃도 피어자란다.

늘 그런 것은 아니지만 돌담 아래에서 제비꽃을 보고 민들레꽃을본다. 마음이 금방 제비꽃 편이 되었다가 민들레꽃 편이 되었다가한다. 이를테면 보수파가 되었다가 진보파가 되었다가 하는 나를본다. 이건 틈새를 노리는 딱한 기회주의자 같다. 간에 붙고 쓸개에붙어 알랑거리다가 기어이는 간에서 쫓겨나고 쓸개에도 붙어 있지못하고 밀려 나가는 인사를 보는 경우도 있다. 지조가 없는 인사의종착역은 신용불량이란 도장을 등에 받는다.

돌담 아래 서 있는 나는 금방 제비꽃의 쪽빛에 눈을 판다. 민들레꽃의 노란 빛깔이 탐스러워 손으로 쓰다듬기도 한다. 이런 나는 돌담 아래에서 혹 왕따 당할지도 모른다. 우물쭈물하는 경향이 많은스스로를 깨닫는다. 이런 때는 모르는 것과 사귀기로 한다. 이 글의길이 어떻게 풀려나갈지 우선 모른다. 모르는 대로 쓰기로 한다.

어떻게 써야 하는지도 모르고 쓴다는 것은 아무리 좋게 생각해도따분한 노릇이다. 흔히 하는 말로 쓰니까 쓴다는, 아무 재주도 수단도 없는 말이나 속으로 내뱉는다. 그런 처지가 마음에 차지 않아 나를 멀리 던져버리고 싶은 때가 수시로 있다. 그렇다고 강물에는 던지지 말아야겠다. 농담이지만 누가 말했다. 세상에는 착한 척하면서 은근히 강물을 흐리게 하는 무리가 있다고. 강물을 흐리게 하고 싶지는 않다.

흐리던 날이 밝아온다. 밝은 마음으로 살아야겠다. 제비꽃은 쪽빛으로 아름답고 민들레꽃은 황금빛으로 아름답다. 터무니없는 욕심이지만 나도 내 빛깔 하나 가지고 싶다. 그런 생각에 잠길 때는 눈을 감고 입을 다문다. 돌담에 등을 기대고 부스럭거리는 날도 있다. 몸이 부스럭거리는 소리를 듣는 걸 보면 귀는 닫히지 않았다는 증거다. 눈과 입은 자동적으로 닫히고 열리는데 코와 귀는 손을 써야만 닫고 열리는 수동적인 구조다. 이런 점 생명과 직접 연관되는 것은 자동보다는 수동기능에 더 신경을 써야겠다는 생각을 하게 된다. 자동은 순간적으로 반응하는 기능이 있다. 반면 수동은 꼬물락거리는 손이 느리다. 만약 시간을 다투는 일이라면 수동은 자칫 일을 그르치는 아픔을 겪을 수 있겠다는 청승맞은 생각이 든다.

제비꽃과 민들레꽃의 이목구비는 어떤지 전혀 모른다. 모르면서 나는 제비꽃을 말하고 민들레꽃을 말한다. 그래도 변명은 있다. 모르면 모르는 대로라는 변명을 은근히 즐긴다.

오래전의 일이다. 어쩌다 청각신경에 고장이 났다. 상대는 바다라고 하는데 나는 바라로 듣는다. 바라라니, 내가 무슨 깨진 악기던가 하고 상대를 멀거니 쳐다본다. 음량은 그대로인 것 같다. 그러나 음질을 제대로 구별 못하는 귀머거리가 되었다. 귀이개로 귀를 우비는데 귓속에 엎치락뒤치락 쌓인 소리의 귀지가 시체 더미처럼 끌려 나온다. 이비인후과 의사는 고개를 갸웃거리는 듯했다.

이런 처지에 무슨 일을 구상하거나 그 구상하는 일에 끼어들 생각을 감히 하지 못한다. 만약 내가 끼어들면 일을 바다에서 바라로 처리하는 실수를 범할 것이다. 이런 점 나는 왕따로 따돌려 싸다. 이런 때는 나 혼자 마음이 닳아 이러쿵저러쿵 달싹거린다. 처신머리가 가벼운 탓이랄까. 처신머리에 무게를 두느라고 때로는 얌전을 빼는데 이 또한 어울리지 않기는 마찬가지다. 하던 대로 하라는 말이 어렴풋이 들려 나는 하던 대로가 무엇이었지 하고 사방을 또 두리번거린다.

깊이 생각해도 생각나지 않는 것은 어쩔 수 없다. 언제 어디서 무엇을 어떻게 했는지 기억나지 않는 날은 혼자 따분하다. 아주 단단히 고장 난 신체조직을 훑어본다. 고장이라니, 나는 그 원인이 궁금하여 때로는 가슴 주위를 손으로 얄팍하게 쓰다듬는다.

비로소 어렴풋이나마 떠오르는 것이 있다. 그것은 빈 것의 무게다. 입을 다물어야겠다. 더 이상 말하면 모처럼 기억하던 제비꽃과 민들레꽃마저 놓칠 형편이다. 뜻하지도 않게 나는 침묵주의자가 된다.

아무도 말하지 않는 바라를 듣고 있다. 나만이 갖는 음성변조장치를 보다 정밀하게 다룰 생각이나 해야겠다. 바라를 바다로 되돌림하는 기능을 찾으려 돌담에 등을 기대고 서 있다.

서쪽 하늘이 붉다. 오늘 해는 오늘 저문다.

개골개골

요즘은 게으름으로 얽힌 책 읽기와 글쓰기를 하고 있다. 차분한 자세로 읽지 못하고 몇 장 읽다가는 책갈피를 덮는다. 몇 줄 쓰다가 일어서는 글쓰기를 한다.

눈이 피로해지고 한자리에 가만 앉아 있으니 몸이 굳는 느낌을 받는다. 기지개를 켜고 싶다. 기왕 일어서서 움직일 바에야 밖에 나가서 바람이라도 좀 쐬었으면 한다. 쓰던 글을 저장하고 쓰던 글에서 완전히 생각을 비우기로 한다. 진도가 잘 나가지 않고 가닥이 풀어질 것은 당연한 일이다.

어떤 수필가는 글을 한자리에서 써야 맛이 난다고 한다. 끈질기게 달라붙어 글의 맥을 짚어나가야 마음에 둔 글이 풀린다고 한다. 그럴싸한 말이다.

그런데 글쓰기에도 건강이란 것이 따라야 고분고분 잘 풀리는 것 같다. 상대의 샅바를 다부지게 거머쥐어야 씨름판에서 이길 수 있듯이 글쓰기 또한 샅바 싸움의 요령을 요구하는 셈이다. 끈질기게 눌러앉을 수 있는 건강이 뒤따라야 글쓰기의 안전모드로 갈 수 있다.

나는 지금 쓰던 글을 다 지운다. 앞뒤가 어긋나는 글쓰기를 나도 모르게 하고 있다. 머리로만 요령을 부리는 글쓰기를 하기 때문이다. 처음 생각했던 의도가 무너진다. 글 바닥의 폐허를 보는 것은 나를 맥 빠지게 한다. 처음 의도가 무엇이었는지를 찬찬히 생각하는데 떠오르다가 싹 시들어버리는 글의 씨앗이 보인다. 씨앗이 미처 자라기도 전에 섣불리 달라붙어 글을 구성하고자 했다. 성미가 급했던 나를 속으로 나무란다. 글쓰기에도 작물을 키우는 농부와 같은 자상함이 따라야 한다. 그런데 나는 엄벙덤벙하는 편이다. 대강 흙을 파고 대강 모종을 심고 대강 물을 주는 등 성의를 다하지 않는다. 이러고서야 되는 일이 없을 것은 당연하다.

이런 대강대강에서 손을 떼면 글쓰기의 고뇌는 사라질 것이다. 괜히 글에 달라붙어 글을 힘들게 하는 것 또한 민망하고 구차스러운 일이다. 글에서 발을 빼자고 마음먹은 적도 실은 한두 번이 아니다. 그런데 미련스러운 마음은 글에 달라붙어 글을 옥죄며 힘들게 한다. 그런데 글이란 것이 재력을 끌어들이는 복주머니라면 글에서 떨어지지 않으려 사력을 다할 것이다. 이럴까 저럴까 하는 궁리는 천만에다. 더 많은 욕심이 익어 혹 글의 바닥에서 떨쳐 나갈까 봐 아등바등 악을 쓸 것이다.

따분한 일이지만 다시 나를 변명한다. 재물은 생각하지 말고 글에 등을 기대고 살아야 하는 것이 팔자소관 아니겠느냐고 나를 은근히 타이른다. 점괘를 뽑아보아도 글에 발을 빠트리고 사는 것이 명을 부치고 사는 길이라고 타이를 것 같다. 그래 그렇다 치자. 이랬다저랬다 마음 흔들리지 않으려고 나는 지금 이 글을 쓰고 있다. 글은 올가미다.

＊

사람이 사는 길은 천 층 만 층 구만 층이라는 말을 어쩌다 듣는다. 그 맨 아래층에서 헐떡거리며 산다고 한들 조금도 주눅 들지 않겠다. 맨 아래층은 아래층 나름의 삶이 있다. 지금 살고 있는 이 아파트의 31층 가운데 18층에 나는 살고 있다. 십팔 시팔. 어쩌면 저속한 발음으로 나오기 쉬운 18층. 그걸 속으로 말하는데 어떤 사람의 입에서는 로얄 층 어쩌고 하는 소리도 들린다.

지금 나는 지운 문장을 깔고 앉아 이것저것 바느질하듯이 다시 꿰매고 있다. 이게 혹 로얄 층에 산다는 어깨의 힘인지도 모른다. 별수 있나. 나 또한 속된 세상에 물들고 있는 속물이다. 낡은 걸레처럼 찢어진 문장을 이것저것 욕심껏 긁어모은다. 갑작스러운 탐욕에 마음이 끌린다. 꿰맞춘 거기에 정서의 낌새라고 하는 것이 혹 있을 것 같다고 바늘이 스친 자리를 살핀다. 글의 바닥을 가만 들여다본다. 그런데 낌새란 것이 어디 숨었는지 보이지 않는다. 보이지 않는 것 속에 보이는 것이 있을 것이라며 눈을 크게 뜬다. 눈을 떠야 살수 있는 세상 아닌가. 이걸 자위라는 말로 바꿔치기해도 그다지 무리는 아닌 성싶다.

느닷없이 괜히 용감하다는 말을 속으로 한다. 무식이 용감하다는 말도 있지 않는가. 나는 또 즐겁다. 못 말릴 노릇이라고 누가 핀잔을 퍼부은들 어떠랴 싶다. 간덩이가 방석처럼 부었다고 말한들 어떠랴 싶다. 글의 제국을 통치하는 폭군이 된 나를 본다. 그런데 함부로 껑충거리지 말자, 넘치지 말자고 하는 소리가 내 안에서 용암처럼 치솟는다. 그래 맞다. 자중하면서 정숙하면서 뉘우치면서 글

앞에 무릎을 꿇는 거다.

무엇이 좀 조용해진 느낌이 든다. 이런 천방지축이라니.

*

글을 하면서 기고만장해 본 적은 눈을 닦고 보아도 전혀 없다. 그럴만한 기세가 있었으면 좋겠는데 불행하게도 전혀 없는 것이 어떤 점 서글프다.

문학은 얼굴 내밀고자 하는 것은 아니다. 이름을 팔아 유명해지고자 하는 행위 또한 아니다. 올바른 문학을 하지 못하는 핑계인지는 모른다. 하지만 문학은 인기를 노리는 이른바 인기인의 경우와는 전혀 다르다. 얼굴 아닌 작품을 내밀어야 하는데 그마저 시원하지 못하니 탈이다. 독자가 내 작품을 더 잘 안다. 나는 어떤 작품을 썼을 뿐 그에 따르는 이야기는 독자가 말한다.

나뭇잎을 햇빛이 쓰다듬고 있다. 바람이 지나가면서 나뭇잎을 살랑살랑 흔들고 있다. 나뭇잎을 쓰다듬는 햇빛과 바람의 모성애란 걸 짐작한다. 그것을 어떻게 아느냐가 문학을 하는 길이란 것을 어렴풋이 깨닫는다. 길가에 뒹구는 돌은 쓸쓸하다. 왜 쓸쓸하냐고 말하는 나 또한 사회라는 길에 뒹구는 돌이다.

글을 하면서 기고만장해 본 적이 있기는 하다. 그러고 보니 없다는 말은 거짓말이다. 나는 거짓말을 하면서 그것이 거짓이 아닌 것처럼 위장한다. 컴퓨터 앞에 쭈그리고 앉아 한 편의 작품을 완성했을 때 나는 기고만장했다. 혼자 방 안에 앉아 하는 거들먹거림이었는데 이 생각은 다른 분의 그럴싸한 작품을 읽었을 때 곧 기죽고 만다. 일회용이나 다름없는 내 거들먹거림이 왕창 무너진다. 나는 다시 절망한다. 다른 사람의 작품을 읽는 것은 말할 나위도 없이 절망하면서 기를 얻자는 의미도 있는 것 같다. 아니 있다.

그러니까 나는 몹쓸 거들먹거림과 뼈아픈 절망이라는 파도타기를 하는 셈이다. 나는 흔들린다. 컴퓨터 앞에서 흔들리고 밖에서 어느 작품을 만나 그의 좋은 면을 읽고 흔들린다. 흔들리면서 사는 세상이라고 혼잣말을 한다. 이런 점 나는 내 엉덩이에 흔들의자를 깔고 사는 셈이다. 흔들리고자 컴퓨터에 글을 찍고 흔들리고자 바깥 나들이를 한다. 방 안에만 갇혀 내 작품만을 상대한다면 나는 우물 안 개구리가 되고 말 것이다. 아무 실속도 없는 나는 개골개골에서 시작하고 개골개골에서 끝날 것이다. 그러니까 말이다. 남의 작품에 눈을 판다는 것은 내 위리안치에서 벗어나 더 값어치 있는 세계로 지향하자는 안간힘이다.

그 뜻을 깊이 새기느라 나는 고심한다. 고심苦心/考尋을 별명으로 삼을까도 싶다.

산길

숲속에서 새가 운다. 새소리를 따라 나뭇잎을 흔들고 가는 즐거운 바람 소리도 있다. 마침 계곡 물소리가 도란도란 건반을 치는 것 같다. 삼중주라는 말이 떠오른다.

이렇게 생각하고 있는데 산이 갑자기 울리는 소리를 한다. 묵직한 테너 목소리를 듣는 느낌이 있어 사방을 둘러본다. 산은 소리로 된 큰 악기란 말이 나도 모르게 입술을 비집고 나온다. 나는 그 울림에 귀를 대며 서 있다. 산울림은 어쩌면 정적이 터지는 소리다. 수목과 수목 사이, 바위와 바위 사이, 바람과 바람 사이에 고여 있던 정적이 일제히 숨 쉬는 소리가 산울림이라는 생각을 한다.

무엇을 야단스럽게 생각하지 않기로 한다. 산울림은 산울림이고, 나는 나다. 발길에 밟히는 풀잎은 뜻밖의 발길에 깜짝 놀라는 기색을 하는지도 모른다. 나무와 바위 그리고 풀잎의 조화가 빚은 산길에서 나뭇가지 틈새로 비치는 하늘을 본다. 쪽빛과 푸른빛의 조화에 끼어드는 하얀 구름이 있다. 이쪽 나무 우듬지에서 저쪽 나무 우듬지로 이동하는 것이 있다고 다시 구름을 본다. 나도 실은 움직이는 무엇이다. 산을 찾은 주제에 무슨 주인공처럼 거들먹거리고 있다는 생각이 든다. 주객이 전도되었다는 말이 맞을 것 같다. 아니 맞다.

나는 나를 모르는 바보다. 누가 말했다. 바보는 즐겁다고. 산을 찾은 나는 이런저런 나무를 보고 나무를 쓰다듬으며 즐거워한다. 나는 바보다. 아니 산이 바보인지도 모른다. 하기에 바보는 바보끼리 즐겁지 아니한가.

언젠가 또 산길에서의 일이다. 저만치 앞서가던 젊은이가 갑자기 걸음을 멈춘다. 등에 진 가방을 앞으로 끌어당긴다. 무엇을 꺼내는 듯하다. 나는 슬그머니 걸음을 늦춘다. 어떤 두려움이 일어 뒤를 돌아보는데 아무도 없다. 산길에는 앞서 걷는 젊은이와 나 단 둘 뿐이다. 젊은이는 무엇인가를 손에 쥔다. 그것이 궁금하다. 날카로운 것인지 혹 모른다. 아니 뭉텅한 것인지도 모른다. 날카로운 것과 뭉텅한 것 사이일 것이다. 날카로운 것은 예리하게 찌르는 힘이 있다. 그때다. 고개를 살짝 뒤로 젖힌 젊은이는 손에 쥔 것을 입으로 가져가는 것 같다. 젊은이는 물을 마셨을 것인데 당치도 않는 생각을 하는 나는 겁에서 벗어난 듯 덩달아 목이 마르다.

오래전에 들은 뉴스가 머릿속을 친다. 어느 노인이 산길에서 죽음을 당했다. 정신질환을 앓고 있다는 젊은이의 주먹질에 쓰러진 것이다. 이런 위험성 말고도 갖가지 끔찍스러운 사고 조짐이 여기저기 널브러져 있는 세상이다. 아무 힘도 지혜도 없으면서 나는 일행도 없이 산길을 걷는다. 걷지 않으면 될 일도 되지 않을 것 같은 생각에도 없는 생각이 들어 걷는다. 무엇이 되고 되지 않을 일인지 그건 모른다. 모르면서 걷는다. 나는 영락없이 허술하다. 너무 똑똑해도 탈이란 말은 가끔 듣는다. 똑똑한 척 날뛰다가 오히려 실수하거나 실패한다는 말도 듣는다. 물론 나를 지목해서 하는 말은 전혀 아닌데 그런 말을 들을 때마다 스스로 똑똑하다는 어이없는 착각을 한다. 눈치라고는 전혀 없으니 그럴 수밖에 없다. 눈치가 없으면 요령이라도 있어야 하는데 나는 굼뜨다. 지하철을 탈 때도 잽싸게 발을 옮겨야 자리를 차지할 수 있는데 나는 번번이 실패한다. 나를 위안하는 소리가 내 안에서 들린다. 굼뜬 자는 굼뜬 생각으로 살아야 한다고.

산에서만은 굼뜬 것이 걷는 마음을 편하게 한다. 방금 저쪽으로 날아간 새 울음소리는 피리 소리를 닮았다. 풀벌레 소리가 찌리찌리 들리는 산길은 누가 굳이 말하지 않아도 계절을 지나가는 합창단의 연주회를 연상케 한다. 그런 소리가 좋아 계곡물을 만지면서 산을 탄다.

공중 높이 회오리바람이 지나가도 좋을 것 같다.

하얀 천정

천정이 하얗다. 어둠 속에서는 까망 일색이었는데 낮에 본 천정은 알전구 하나 달랑 매달고 하얀 표정을 드러낸다. 알전구만 아니라면 밋밋한 천정이 머리 위에 걸려 심심한 날이라고 말할 것이다.

하양 일색인 천정에 파랑을 듬뿍 먹이고 싶다. 까망은 어둠이 들면 자동염색 되는 색깔이다. 그러나 아무 색깔도 칠하지 못하고 누가 하얗게 발라둔 천정만 보고 있다. 그게 너무 심심하다. 천정은 하늘 쪽이니까 파랑을 칠하는 것이 하늘과 궁합이 맞는 일이겠다.

천정을 향하여 무슨 고함이든 내지를 생각을 한다. 손을 뻗어도 닿지 않는 천정이지만 내 말소리를 듣는지도 모른다. 사다리처럼 소리를 뽑아 천정에 닿게 한다. 소리를 받은 천정은 소리를 감추는 소리의 다락이 된다. 내 소리를 먹은 천정이 무슨 메아리처럼 소리를 도로 내려놓는 날도 있을 것이다. 아니나 다를까 하루는 방안에 앉아 있는데 탕탕 못을 치는 듯한 소리가 귀에 박힌다. 바닥을 긁어 대는 소리도 있다. 내가 올려보낸 소리가 소리의 변조 현상을 일으켜 못 치는 소리, 의자를 찍찍 끄는 소리로 되돌아오는 것이라고 나는 우두커니 천정을 본다.

밖에 나가면 하늘이 넓디넓은 천정이다. 전구 알갱이 같은 구름이 동동 떠 있다.

돔dome 양식으로 된 하얀 천정을 본 적도 있다. 소리를 지르면 웅얼거리는 울림의 알이 둥근 천정을 타고 주르륵 쏟아져 내릴 것도 같았다. 그것은 어떤 전율이었다. 백색의 적막, 백색의 공포를 나는 느끼고 있었는지 모른다.

백색은 영원이다. 영원을 형태로 나타낸 것이 돔이라는 생각은 좀체 지워지지 않는다. 하얀 돔 아래에서 영원으로 가는 길을 들었을 것만 같다. 천정부지天井不知는 나날이 치솟는 물가만이 아니다. 경쟁이라도 하듯 치솟는 건축물 아래 사람들의 말소리 또한 나날이 높아간다.

세상은 이런저런 하얀 천정이다.

그때 나는

집값이 바닥을 쳤다고 하는데 그 바닥이 어딘지는 모른다. 그러나 빗방울이 바닥을 친다는 말은 금방 알 수 있다. 모르는 것은 손에 쥐여주어도 알 도리가 없다. 빗방울의 경우는 땅에 세차게 떨어져 땅바닥을 후려치는 힘을 생각하게 한다.

어떻게 말하느냐에 따라 말의 빛깔과 깊이가 달라진다. 바닥을 친다는 말도 그 빛깔에 따라 푸른 것인지 붉은 것인지를 짐작할 수 있다. 말을 하는 사람과 듣는 사람 사이에 가로세로 놓인 공기空氣를 생각하는 때가 있다. 눈에 보이지도 아니하고 만져볼 수도 없는 공기의 흐름은 화자話者와 청자聽者 사이를 연결하는 디딤돌이다. 함으로 음파의 진동수에 따라 상대의 말을 이렇게 받아들이고 저렇게도 받아들일 수 있다. 디딤돌이 놓인 거리에 따라 앙감질하는 보폭이 달라진다. 말에도 부드러운 곡선이 있고 콕콕 쥐어박는 거친 뿔도 있다.

바닥을 친다는 말은 집값이거나 증권 시세가 떨어질 만큼 떨어진 상태를 두고 하는 말이겠다. 집값이 어느 정도이기에 바닥까지 떨어진 것인지 여전한 어림짐작에 어리둥절하다. 바닥까지 떨어졌으니 집을 살 사람에게는 좋은 기회일 것이다. 증권 시세에도 은근히 군침이 돌 것이다. 그렇다고 선뜻 달라붙지 않는다. 더 떨어지기를 기다리는 것이다. 게를 낚을 때였다. 미끼를 충분히 밀어 넣어도 약은 게는 좀체 미끼를 물지 않았다. 집을 사고파는 사람, 증권투자자를 약은 게에 비유한다는 것은 어울리지 않는 노릇이긴 하다. 그러나 바닥을 친다는 말 속에는 이럴까 저럴까 하는 망설임 같은 것이 머리를 이리 굴리고 저리 굴리며 수지타산에 골몰하게 된다.

바닥을 치면 그 반동에 따라 집값이 둥글둥글 공처럼 튀어 오를지도 모른다. 집을 사고자 하는 사람, 팔고자 내어놓은 사람도 머리를 싸매게 된다. 팔 사람과 살 사람 틈새에 실낱같은 신경전의 끈이 매달린다. 바닥치기 뒷면에는 상승가라는 요물이 미처 사지 못하고 팔지 못한 아쉬운 마음을 흘리는 군침도 보게 된다.

누구는 팔고자 하는 마음을 도로 접는다. 접고 펴고 하는 마음속에는 부동산 매매 요령 같은 구절이 빽빽하게 적혀 있을 것이다. 흐리던 하늘이 개는 기미가 있다. 잿빛 구름이 쓸려나간 자리에 쪽빛으로 단장한 하늘이 보인다. 집 보러 가나 어쩌나 망설이는 사람은 망설이다가 마음에 둔 집을 놓치는 수도 있다.

하늘이 또 흐리면 어쩌나. 망설이다가 놓치는 경우는 살면서 수없이 겪었다. 주머니가 얇아서 그랬고 뭣 하나 과단성이라고는 없어서 그랬다.

그때 나는 부동산 사무실 입구에서 하늘만 멀거니 보고 있었다.

왠지 자꾸

오늘을 생각하다가 내일을 생각한다. 가까운 것부터 생각하기로 한다. 그런데 생각이라는 것은 가깝고 멀고는 아니다. 가까운 것이 멀리 있고 먼 것이 가까이 다가오기도 한다.

과학의 발달은 바로 눈앞에 있는 것이나 산 넘어 있는 것이나 그다지 거리를 따지지 않아 보인다. 초음속 비행기는 이 지역에서 저 지역으로 금방 날아가 앉는다. 그런 것만이 아니다. 만리 밖에 있는 그가 금방 눈앞에 나타나는 화상통화도 있다.

세계는 넓고 할 일도 많다고 누구는 말했다. 그 넓은 세계가 바로 눈앞에 다가서다니 놀라운 일이긴 하다. 내 생각이 금방 저 먼 나라로 가서 그곳 사람과 생각을 공유하기도 하는 세상이다. 넓은 세계는 물리적으로 보는 세계만이 아니다. 지금 이 순간에도 헤아릴 수도 없이 수많은 정보망이 상대를 향하여 날아다닌다. 수천만 수억만 갈래의 전파는 그가 원하는 정보망으로 빈틈없이 들앉아 속닥거린다.

언젠가 산길에서 본 무수한 개미는 길을 가면서 한 치도 엇갈리지 않았다. 한번은 개미가 가는 방향을 막아보았다. 개미에게는 못된 짓이지만 그런 내 방해물을 업신여기듯 개미는 에돌아가는 방향을 놓치지 않았다. 그런데 나는 지하철 구내에서 방향을 몰라 허둥댄 일이 한두 번이 아니다. 큰비가 내릴 징조가 있을 경우 개미는 그에 대한 계책을 미리 세운다고 한다. 사람은 일이 터진 다음에야 부산을 떠는 등 야단스럽게 움직이지만.

지금 나는 내가 생각하는 것을 쓰고 있다. 생각하지 않는 것은 당연히 쓰지 않는다. 이렇게 보면 내 생각이란 것이 엄청 좁고 얕다. 나는 그것을 보다 넓고 통 크게 쓰고자 굳이 생각하지 않는다. 될수록 편하게 생각하고 편하게 써보자는 의도일 뿐이다. 무엇을 조금 더 알고자 선각자며 유명인사들이 뭐라고 했던가 하고 책을 뒤지지도 않는다. 기억 속에 떠오르는 어록이 있지만 그걸 들추어내기보다는 내 생각이 어떻게 움직이고 무엇을 어떻게 보고 느끼는가를 쓰고 싶다. 이런 점 나는 지극히 자아중심주의자라고 하겠다. 공동체에 끼어들지 못하고 혼자 놀고 혼자 떠드는 처지는 서글프고 외롭지만 굳이 그걸 고독하다느니 하는 생각은 하지 않는다. 옳고 그르다는 판단은 접어두고 나는 나라고 하는 잣대만으로 쓰고 지우는 못난 에고이스트다.

고독해야 무엇이 이루어지고 생겨날 것이라고 스스로를 타이른다. 혼자라야만 깊이 생각하고 깊이 정리할 수 있다는 신념은 나를 오히려 즐겁고 편하게 한다. 이런 점 나는 지지리도 어설픈 단독주의자다. 어느 노래가사에 사랑은 눈물의 씨앗이라고 했다. 그다지 볼 것 없이 늘어놓은 글이란 것은 내 단독주의자가 갖는 고독의 씨앗이다.

싱겁든 짜든 나도 씨앗 하나 얻었다고 허튼 자랑을 한다. 그런데 자랑 끝에 쉬슨다는 말이 떠올라 다시 주춤거리게 된다. 다시 깨닫는다. 자랑은 스스로가 하는 것이 아니라 상대가 알아주는 것이라고. 사람은 누구나 깨달음 속에서 피고 진다고.

그런데 나는 멍청하다. 아무 깨달음도 구하지 못한 처지는 오히려 멍청한 상태 아니라고 발버둥 치며 떼를 쓰는 윤똑똑이다. 문제는 더 심각하다. 깨달음이 무엇인지도 올바르게 이해하지 못하는 것에 있다. 얄궂은 혼자만의 개그콘서트를 놀고 있는 어설픈 처지 아닌가.

그래서인지 자꾸 시간이 기운다. 기우는 틈에 목이 걸린 나는 똑똑한 세상에 지지리도 못나게 쓸쓸하다. 얼씨구. 쓸쓸한 것이 무엇임을 아니까 그나마 어떤 값을 한다며 스스로를 위안한다. 참 멍청한 시간이다. 또 기운다.

불안에 관한 연구

생각 속에 고독이란 것이 들앉아 있는 것 같다. 무슨 고독이냐고 묻고 따질 일은 아니다. 생각의 길이 제대로 트이지 않으니까 거기 따르는 증세 아니겠느냐고 말하고 싶다.

이렇게 쓰고 소리 내어 읽어본다. 글을 소리 내어 읽으면 불안이라는 것이 사라질 것이라고 은근히 자위한다. 입에서 나오는 소리의 상태를 들어볼 참이다. 말소리가 부드럽게 나오지 않는 불안한 날도 있다. 성대에 무엇이 걸린 느낌이 들어 그걸 푸느라 물을 마신다. 목 안으로 넘어가던 물이 어디선가 불안과 한 패가 되어 캑캑 목젖을 꺾는 날도 있다.

눈으로 읽을 때와 소리로 읽을 때의 느낌을 과제 삼아 따져보기로 한다. 항상 그렇지만 그런 과제에 다소 어정쩡하다. 강을 옆구리에 낀 지하철 호포역을 지날 때다. 안내방송은 당연히 호포라고 한다. 그런데 나는 '허파'라고 들으면서 바로 발아래 흐르는 낙동강을 본다. 강이 숨을 쉰다는 생각을 한 것도 바로 그때다. 강물의 비늘을 쓰다듬으면서 바람이 지나가는 기척이 있다. 지느러미를 세우며 상류 쪽으로 헤엄쳐가는 느낌이 드는 강이다.

오류가 뜻밖에 글을 낳는다는 생각을 하는 우연한 때가 더러 있다. 호포라고 하는 역명을 정확하게 보고 들어야 착오가 없다. 그러나 그 보고 들은 것에 내 나름의 상상력 동원과 의미 부여를 하는 것도 그다지 실없는 노릇은 아닐 것이라며 불안을 무릅쓰고 속으로 우긴다. 변명은 또 있다. 역명을 어긋나게 듣고 나름대로의 해석이란 상상력으로 풀어보는 맛이 대상을 오히려 의미 있게 읽는 길이 되지 않을까. 오류임을 뻔히 알면서도 한 수 더 뜬다.

밤은 밤인데 어둠이 기를 펴지 못한다. 인공으로 된 불빛이 어둠을 잡아먹고 밤의 제왕 노릇을 하는 것 같다. 불빛공화국이라는 무덤덤한 답을 컴퓨터 화면에 찍는다. 불빛이 불안한 사람들은 이불을 뒤집어쓰고 쉬쉬 몸을 사리는 밤일 것 같다.

이런 형편에 실없는 생각이나 주절거리는 나는 어둠도 불빛도 전혀 아니다. 아침에 먹을 약과 저녁에 먹을 약이 헷갈린다. 약을 먹었는지 먹지 않았는지 모르고 거푸 먹는다. 배 부르자고 복용하는 약도 아닌데 이따금 아침과 저녁을 혼돈한다. 불안하다. 어제 들고 온 책을 어디 두었는지 모르고 책상 서랍을 뒤지거나 수납장 속을 빨딱 뒤집는다. 뒤지기만 하지 말고 찬찬히 생각해 보라는 아내의 잔소리가 또 귀에 못처럼 꽂힌다. 그래 어제 현관을 들어설 때 어느 방으로 먼저 가고 책상 앞에 앉았을 때 손에 무엇이 들려 있었는지를 되감아 풀어보는데 떠오르는 것이 없다. 순서대로 생각하자고 다시 현관 쪽으로 생각이 꽂힌다. 생각의 발자국을 짚어본다. 그런데 불안이라는 것이 뒤따라온다. 이런 건망증 같은 증세는 나를 더욱 초조하게 하고 혼란스럽게 한다. 내 속에 호포역이 아닌 어디서 뜬금없이 날아온 허파역이 들어앉아 용용 죽겠지 하는 것 같다.

땀을 뻘뻘 흘리다시피 찾던 책은 뜻밖에도 거실 소파 구석에 있다. 그런데 왜 소파 구석은 생각하지 않았는지. 구석이기 때문에라고 마음속으로 중얼거린다. 구석에 앉은 사람은 눈에 잘 띄지 않는다. 거실에 깔아둔 전기장판용 코드를 어디 두었는지 몰라 서랍을 빨딱 뒤지고 찬장을 열었다 닫으며 부산을 떤 적이 있다. 뭘 간수한다는 것은 기억력을 간수하는 것인데 그 기억력의 그래프가 점점 더 많은 불안 쪽으로 기울어지고 있다는 것을 어렴풋이 깨닫는다. 깊이 간수한 것을 찾는 것은 내 경우 어려운 삼각함수 문제를 푸는 것처럼 힘든 일이다. 어떤 사람은 저금통장을 어디 두었는지 몰라 그가 저금해 둔 돈을 찾지 못하고 끙끙거렸다는 말을 들은 적도 있다. 간수한 물건 하나 제대로 찾지 못하는 처지에 강의 깊이, 어둠의 깊이며 생각의 깊이를 헤아린다는 것은 웃기는 어처구니 아니겠나.

점점 깊어지는 어둠 속에서 점점 줄어드는 건너편 아파트의 불빛을 보다가 눈을 도로 컴퓨터 화면에 꽂는다. 아파트의 불빛은 어둠의 깊이와 함께 놀고자 서로 부스럭거리는 낌새가 있어 보인다. 불빛공화국이라는 말을 다시 한다. 불을 공중 높이 쏘아 올리는 축제를 본 적이 있다. 그것은 사람들의 가슴을 모처럼 설레게 하는 펑펑 요란스러운 불꽃놀이였다.

밤이 깊다고 말하는 나는 불을 끄고 등을 방바닥에 기대야겠다. 기댈 것이 없는 막연한 어제오늘이라고 혼잣말처럼 중얼거리던 처지는 방바닥에 등을 기대고 기댈 곳이 그나마 있는 어제오늘이라며 자위할 것이다.

생각이란 것이 강물처럼 수시로 출렁거리고 있다. 이 또한 불안
하다. 어제오늘이 어떻게 천방지축으로 기울고 있는지 미처 모른
다. 모르기 때문에 알고자 하는 처지는 생각을 먹고 생각을 키우는
생각의 애벌레이지 싶다.

호포를 허파라고 듣는 내 귀는 장 콕토의 소라 껍질도 아니다. 불
안을 생각하는 밤이 저물고 있다.

O my ear!

해외여행을 하는 사람이 날로 늘어난다. 찾아간 나라의 풍물을 보고 그곳 사람들이 사는 모습을 보고 식견을 넓힌다.

가슴heart이 뜨거울hot 때 여행한다는 말이 떠돌아 너도나도 젊을 때 여행하자는 풍조에 들뜨기 마련이다. 유행가에 '노세 노세 젊어 노세' 또한 가슴이 뜨거운 젊을 때 놀아야 참되게 논다는 의미가 될 것이다. 가슴이 뜨거워야 무엇이든 부지런히 새롭고 활기차게 보고 느낄 수 있지 싶다.

가슴과 뜨겁다는 영어 단어를 새겨 보면 둘 모두 알파벳 에이치h 가 앞서 나오고 그 말을 감싸는 말끝에는 티t가 따라붙는다. 가슴 속에는 귀ear가 들어 있고 뜨거움 속에는 뜨거움을 감탄하는 오o 가 들어 있어 느낌을 더욱 뜨겁게 한다. 가슴으로 느끼는 것은 귀로 듣는 것이란 의미를 짐작하게도 한다. 그 내용을 지키느라 껍데기 같은 에이치h와 티t가 알맹이를 여물게 감싸고 있다면 어떨까. 이 렇게 말을 헤아릴 때 뜨겁게 느끼고 감탄하면서 여행하는 것이 젊은 시절의 삶이란 맛이 되겠다.

가슴과 뜨거움이란 말을 어제 생각하고 오늘도 생각한다. 누워서 생각하고 앉아서 생각하고 일어나서도 생각한다. 생각한 것을 지금 쓰고 있다. 써두지 않으면 사라질 것이란 것을 알고 쓰고 있다. 그러니까 쓴다는 것은 가슴과 뜨거움의 알맹이를 문자로 보관해 두자는 계산이다. 하찮은 생각일 수도 있다. 보석만이 보석은 아니다. 모든 소중한 것은 다 보석이다. 언젠가 길을 가다가 갑자기 생각 하나가 떠올랐다. 적어야겠다는 요량으로 볼펜을 찾아 호주머니를 뒤졌으나 허사다. 그런데 다행히도 등에 짊어진 가방 한쪽 호주머니에 다 닳은 볼펜 하나가 손에 잡힌다. 이건 구세주나 다름없는 보석이다.

형태가 아닌 생각을 형태인 문자로 남기고자 하는 것이 적는 일이다. 기록 문화란 것은 누구에게든 필요한 내용을 적어 이를 보관하자는 뜻이다. 신라 향가며 고려가요는 기록에 의하여 오늘도 신라를 맛보고 고려며 조선 500년의 실록을 읽을 수 있다. 소리만으로 남기는 것은 그 소리가 전달되는 과정에서 변질되는 경우가 많을 수 있다. 그런 점 문자로 기록하는 것은 그것을 일부러 훼손하지 않는 한 변질될 염려는 거의 없다.

지금 나는 가슴이 뜨겁다고 말해야겠다. 그렇다고 어디 여행을 떠날 처지는 물론 아니다. 미수米壽를 앞둔 나이 탓이라고 탓을 대어본다. 가슴이 뜨거운 사람들 틈에 끼어 어디로 간다는 것도 그다지 바람직스러운 일은 아니다. 가슴이 뜨겁다고 하지만 어쩌다 어디 낯선 나들이라도 한 다음은 몸이 어김없이 알아본다. 언젠가 무슨 일로 경기도 고양시란 곳에 버스로 왕복 열 시간 정도의 나들이를 한 적이 있다. 1박 2일의 빠듯한 일정을 마치고 온 다음 좀 피곤

하기는 했지만 그런대로 상태는 좋았다. 이런 정도라면 외국나들이도 충분히 할 수 있겠다는 어떤 자신감이 든 것도 사실이다. 그러나 가슴이 뜨겁다고 감히 젊은 티를 내는 것은 격에 전혀 어울리지 않는 일이다. 오기도 오기지만 앞뒤를 알아차려야 남의 눈엣가시가 되지 않는다.

언젠가의 일은 언젠가의 일일 뿐 요즘은 어디 먼 나들이는 될수록 마다하고 손사래를 치고 있다. 유럽 방향으로 단체여행을 하자고 누가 제안했을 때 나는 거절했다. 남에게 짐이 될까봐 염려스러운 것은 사실이다. 너 자신을 알라고 하던 선각자의 말을 그때도 머리에 떠올리곤 했다. 자신을 안다는 것은 쉬운 일이다. 하지만 어려운 일이다. 귀가 얇아서 쉽고 마음이 흔들려 어려운 일이다.

나는 내 가슴의 뜨거움을 차디찬 올가미로 옭아매기로 한다. 그러나 글을 쓸 때만은 뜨거워야지 하는 생각은 갖고 있다. 나이에 걸맞게 행동하라는 말은 혹 나이에 걸맞게 글을 쓰라는 충고일 듯한 생각이 들어 또 곤혹스럽다. 구닥다리는 구닥다리답게 써야 한다면 차라리 글쓰기에서 멀리 떠나야 한다는 생각이 들어 나는 괴로워한다.

그런데 반갑게도 어떤 위안은 있다. 노년층을 위로하는 의도인지는 모르지만 나이 들수록 젊게 살라고 하는 말이 귀에 딱 꽂힌다. 나는 그 말을 단단히 믿고 허둥지둥 눈치도 없이 따르기로 한다. 나이 들어도 젊은 감각으로 팔팔하게 살아 있는 글을 써야겠다는 생각에 끌린다. 아무리 생각해도 이건 허욕이다. 그래선지 나는 나도 모르게 진부하다. 나이의 올가미에 걸려 슬그머니 뒷짐을 지는 관습 필력 버릇을 벗어나지 못하는 탓인지도 모른다.

다시 사방을 돌아본다. 내 정신을 꼬집어본다. 살이 아프다. 안일한 생각만으로 글 바닥에서 놀고자 했던 나를 꾸짖는 소리가 귀에 꽂히는 듯 아프다. O my ear!

건물을 보고 있다

무얼 써야 한다고 속에서 집적거리는 낌새가 있다. 의무는 아니지만 쓴다는 것에 대한 미련은 좀체 버리지 못한다. 이 또한 극성이라면 못난 극성이다.

쓸모없는 넋두리는 풀어놓지 않는 것이 좋겠다. 그런데 헤아려보면 그동안 많이 저지른 것이 있다. 쓸모없는 넋두리가 그렇고 새로운 세상 보기라고는 그다지 없는 내용을 부끄러움도 없이 줄줄이 풀어놓은 일이 그렇다. 잘난 척, 아는 척했다. 글쓰기는 말할 나위도 없이 새로운 눈, 새로운 귀로 보고 들어야 하는데 말만 번드레할 뿐 그저 그런 밋밋한 되풀이만 저지른다. 일회용으로 그치는 글쓰기는 문학성이란 것을 모르는 얄팍한 잔재주다.

지금 무엇인가 눈에 들어온다. 길 건너편에 높고 낮은 건물이 키재기를 하듯 나란히 서 있다. 건물도 지루할 것 같다. 하루 이틀도 아닌 세월을 견디는 것도 예삿일은 아닐 것이다. 그런데 그대로 서 있는 걸 보면 건물 또한 미련스럽기 짝이 없어 보인다. 건물이란 본래 미련스러워야 그가 할 일을 다하는 것이라고 나를 오히려 타이르고 있을 것이다.

건물이 있으니까 아 저기 건물이 있구나 하고 건성으로 보았을 뿐이다. 무엇이 눈에 띄어도 엄벙덤벙 넘겨보는 버릇을 좀체 고치지 못하고 있다. 이런 점 나는 본다는 말과 보인다는 말에 대해서 다시 생각하기도 한다. 내가 보는 것은 태반이 보인다였음을 말하지 않을 수 없다. 보인다는 본다에 비해서 퍽 소극적이다. 그 태도를 고쳐야 하는데 세 살 버릇이 여든까지 간다는 말에 출랑이처럼 고개를 끄떡인다.

강가에 선 날은 물빛을 본다고 쓴다. 스치고 지나가는 바람의 발자국이나 나부끼는 옷자락 같은 것을 본다고 또 쓴다. 흘러가는 강물에 나불거리는 것이 있다. 그건 크나 작으나 물살이라는 것이다. 물살은 강물의 비늘이다. 물의 껍질인 파波라는 한자어가 이미 그 내용을 말하고 있다. 강물의 비늘에 햇빛이 내려앉으니까 은빛 실오라기 같은 가느다란 것이 가닥가닥 풀리는 느낌이 든다. 비늘을 둘러쓴 물살이 흘러간다고 나는 말한다. 말하지 않아도 흘러가는 강물을 이번엔 좀 구체적으로 본다며 눈을 대고 있다.

길 건너편 건물을 다시 본다. 이번에는 보인다가 아닌 눈으로 가만 본다. 건물은 어떤 점 인간의 내부 구조와 같은 빈틈없는 구조를 갖는다. 이를테면 간 허파 심장 담낭 콩팥 쓸개 대장 소장을 비롯 무슨 역할을 하는지도 애매한 맹장이란 것이 떡 버티고 있다. 나는 그 맹장을 수술로 제거한 적이 있다. 충수염 수술이라고 했다. 오른쪽 아랫배의 심한 통증으로 병원에 갔을 때 의사는 서슴없이 맹장이라고 했다. 수술대에 누웠다.

건물 또한 때로는 리모델링이라는 이름으로 내부를 뜯어내고 새로운 단장을 한다. 나이 든 인체는 한 곳을 수술하면 또 다른 수술을 필요로 하는 일이 생기듯 건물 또한 여기를 뜯어내면 저기를 부득이 뜯어고쳐야 하는 일이 생긴다. 그런 점 인체든 건물이든 손을 보아가면서 살아야 건강과 미관을 유지할 수 있다. 지금 보고 있는 길 건너 건물 중 어느 하나는 리모델링을 하느라 분주한지도 모른다. 태평스럽게 앉아 보고 있는 날더러 와서 일이니 좀 거들어달라고 하는 것 같은 느낌이 든다. 나 혼자만의 생각이지만 그럴 것이라고 지금 건물을 본다. 아, 저기 높은 건물 어느 층은 대낮에도 불을 켜고 있다. 정밀한 사무를 보느라 긴장하고 있을 것이다.

생각의 자유에 대하여 생각하는 것 또한 있을 법한 일이다. 생각이 고프다는 말은 하지 않아도 된다. 그런데 내 생각이란 것은 그다지 실용적이지 못하다. 아무짝에도 쓸모없는 생각으로 시간을 축낸다. 이런 때는 허섭스레기 같은 것을 내 안에 가두는 느낌이 든다. 나는 나를 리모델링 해야겠다. 그렇다고 싹쓸이하듯 모든 것을 갈아치우자는 의도는 아니다. 전통이라는 것을 생각한다. 남의 것을 익혀서 내 것으로 새로 태어나게 하자는 생각도 한다. 남의 것에만 의존하여 근본을 잃을 때 모두를 잃는다.

지금 나는 여전히 건물을 보고 있다. 뭘 보느냐고 누가 다그치면 건물을 보는 중이라고 싱거운 대답을 할 것이다. 건물 안으로 누가 들어가고 있다. 건물 안에서 누가 나오고 있다. 사람들은 약속처럼 무슨 가방이나 보따리를 들고 있다. 관공서 같은 건물이라는 생각을 한다. 아니면 벌건 고기를 파는 식육점이 있는지도 모른다. 그 건물이 관공서든 식육점을 벌린 가게가 있는 건물이든 신경 쓸 일은 전혀 아니다.

자리에서 일어서야 한다. 어디로 가느냐가 문제다. 처치 곤란한 몸이 된 나는 하늘을 보다가 맑으니 어쩌니 두서없는 혼잣말을 한다.

먼 것이 가까이 보인다

　줄거리도 없는 생각이 이것저것 떠오른다. 주제는 그만두고라도 동그라미 낙서 같은 글이나마 시도하고 싶다.

　자유스러운 글쓰기라는 말을 아무 거리낌도 없이 지껄이고 있다는 생각에 끌린다. 억지춘향격이라면 이런 경우인지도 모른다. 얄궂은 속내를 어렴풋이 뒤집어본다. 글쓰기에서 자유롭고자 하면 그 분야가 짜놓은 나름의 규범을 지킬 줄 알아야 참다운 자유를 누리는 일이다. 글쓰기에도 글이 갖는 질서며 규범이라는 엄연한 틀이 있음을 안다. 그런데 정해진 어떤 틀에서 벗어나고자 몸부림을 치는 꼴이니 아무래도 뭘 잘못 생각하는 아집이 아닌가 싶다.

　이 글의 엄중한 분야에서 왕따 당할 수 있다는 느낌이 드는 것은 어쩔 수 없다. 어느 날은 빛 속에서, 어느 날은 어둠 속에서 방향을 찾아 헤맨다. 어느 날은 반반한 길에서, 어느 날은 가파른 길에서 허우적거린다. 힘든 날이든 편안한 날이든 글 속의 생각이라는 인자는 열려 있어야겠다는 다짐을 하기는 한다. 열린 생각으로 보고 듣는 세계라야만 무엇이 들고나고 할 것이란 염려 또한 안다. 그 들고나는 생각의 공을 어김없이 잡아채는 착실한 문지기여야겠다.

하지만 어설프게도 번번이 공을 놓친 서글픈 패자가 되고 만다. 정신을 차려야겠다고 쓰디쓴 커피를 마시며 서툰 다짐을 한다. 답답한 심정을 풀고자 어떤 사람은 술을 들이키며 없는 허세나마 부린다. 내 경우 술은 체질에 맞지 않는다. 하다못해 커피를 즐기는 내 처지는 커피 속의 카페인이라는 것이 잠을 설치게 한다. 어떻게 생겨 먹었는지도 모르는 카페인이라는 문지기가 잠의 문턱에서 잠이 오는 길을 막아서는 듯했다. 밤잠을 설친 다음 카페인을 멀리하고자 커피와는 되도록 연을 끊기로 한다. 그런데 카페인은 커피 속에만 있지는 않았다. 쓰고자 하는 글이 잘 풀리지 않는 날 밤에는 늦도록 글의 됨됨이를 붙잡고 잠을 설쳤다. 애타는 그리움, 애타는 근심이 있는 날도 예외는 아니었다. 그리고 보니 카페인은 글 속에 있고 그리움과 근심 속에도 있지 않은가. 사람은 이런저런 종류의 카페인 속에 묻혀 카페인과 더불어 사는 셈이라며 어렴풋한 짐작을 한다.

며칠 전이다. 설거지를 하던 아내가 갑자기 아, 햇볕이 달다며 혼잣말을 했다. 그것은 분명히 깊은 감탄 어법이었다. 동쪽으로 트인 부엌 창문에 마침 포근한 햇볕이 쏟아지고 있다. 순간 그 말을 어느 구절에 써먹어야겠다며 이기적인 생각만으로 창문 쪽으로 갔다. 맞은편 언덕에 진달래가 산기슭을 빨갛게 물들이고 있다. 봄을 찾아 어디 구경 한번 가고 싶다는 아내의 속마음이 햇볕이 달다는 어투로 기울고 있을 것이라는 짐작은 미처 하지 못했다.

언제나 그렇지만 나는 어정쩡하고 답답한 편이다. 봄을 모르고 방구석에만 처박혀 있어서 그런 것만은 아니다. 글을 써도 어디 확

트이는 곳이 없고 제자리걸음 같은 생각이나 하면서 달다고 하는 햇볕을 모른다. 모르는 것은 모르는 어처구니다. 아는 어처구니와 모르는 어처구니 사이는 엄청나게 먼 듯 가까운 듯도 하다. 이렇게 어처구니를 보는 눈에 어처구니의 높낮이, 어처구니의 부피, 어처구니의 모양새, 어처구니의 안팎이 보이는 환각에 잠겨 얄궂게도 어처구니라는 도구에 느닷없이 갇힌다. 하늘은 얼마나 높은 어처구니인가. 나는 또 재채기를 한다. 미열에서 아직 벗어나지 못한 상태라며 지난겨울에 걸쳤던 무거운 입성을 그대로 끼고 코를 훌쩍거린다.

그런 와중에도 아침마다 신문을 기다린다. 신문배달원은 참 성실한 편이다. 일요일과 공휴일을 제외하고는 어김없이 신문을 현관문 앞에 두고 간다. 현관문을 열면 반가운 신문이 나를 기다리고 있다. 오늘이 며칠인지 무슨 요일인지 하는 세월이 지나가는 귀띔을 신문에서 본다. 달력에도 날짜가 있지만 많은 숫자가 한꺼번에 쏟아져 나와 어느 숫자가 어느 날을 가리키는지 저 숫자는 어제 같고 이 숫자는 오늘 날짜처럼 헷갈린다. 신문은 이런 점 비교적 또박또박 날짜를 찍어주니 고마운 일이다.

끼리끼리라는 말은 때로 괜히 반갑다. 이를테면 내가 즐겨보는 신문을 누가 보고 있을 경우 갑자기 이웃이 된 것처럼 가서 말을 걸고 싶은 생각이 든다. 무슨 기사가 어떻고 어느 면의 기사를 쓴 기자는 여간 부지런한 기질이 아니라고 칭찬을 하고 싶다.

그래서만은 아니겠지만 또래는 또래끼리 만나는 것을 흔히 볼 수 있다. 이를테면 수필가는 수필가끼리 시인은 시인끼리 어울려 주거니 받거니 서로 말을 건다. 무슨 책을 읽었다느니 어느 구절이 어떻다느니 하는 이야기를 주고받는다. 식당을 운영하는 사람은 그 식당의 비법을 쉬쉬한다. 하지만 수필가나 시인은 그걸 굳이 감출 일이 없다. 수필 속에 시 속에 드러날 것은 다 드러나 있는데 굳이 감출 일이 없다. 감춘 것은 궁금증을 일게 한다. 그런 점 수필이며 시는 비밀 같은 궁금증이 없어 싱거운 일이랄까. 하지만 드러난 것만이 모두가 아니다. 씨앗 속의 씨알처럼 잠겨 있는 글 속의 핵을 찾아 읽는 머리를 굴려야겠다.

아직도 무엇을 모르는 아찔한 소용돌이에 갇힌 나는 소용돌이의 벼랑을 물끄러미 기웃거린다. 어쩌다 현기증에 몸을 떠는 나는 몸을 떨지 않으려고 눈을 감는다. 그런데 뜻밖이다. 먼 것이 가까이 보인다.

그리움이 사라지고

그리움이 사라지고 나는 쓸쓸하다. 토라져 떨어져 나간 그리움을 되돌릴 재간은 당장 생각나지 않는다. 지금 생각나지 않는 것은 나중에도 생각나지 않을 것이다.

시간이 지나간다. 그리움이 사라지고 먼 산은 멀리서 내 시야에 들어온다. 그것이 혹 사라진 그리움이라면 나는 먼 산을 찾아갈 것이다. 그런데 산도 점점 멀어지고 있다는 느낌이 든다. 멀리 있는 것은 산만이 아니다. 바다가 멀리 있고 하늘이, 구름이 멀리 있다.

가까이 있는 것도 있기는 하다. 원근법이란 것을 생각한다. 그림을 그리자고 하는 것도 아닌데 먼 것과 가까운 것을 생각한다. 바로 이웃에 있는 흰칠하게 솟은 아파트 건물을 생각한다. 멋없이 솟아오른 아파트는 높이뛰기 자랑이라도 하는 것 같다. 앞의 것은 뒤엣것의 시야를 가리고 그 뒤엣것은 또 그 뒤엣것의 시야를 가리고 있다. 아파트는 서로의 시야를 가리고 보물찾기 시합이라도 벌이는 인상이다.

그리움이 사라지고 나는 그리움을 그리워하고 있다. 달리 그리워할 것이 없어서 그러는 것은 아니다. 기왕이면 그리움을 찾아 그리움과 놀고자 하는 마음 뿐이다. 그런데 그리움은 나를 찾지 말라는 듯 점점 깊이 숨어버린 토라진 애인이다. 등잔 밑이 어둡다고 했다. 그리움은 혹 내 안에 숨었을지도 모른다. 심장을 뒤져보기로 한다. 기척이 없다. 머릿속을 뒤져보기로 한다. 기척이 없다. 흔히 간에 붙고 쓸개에 붙는다고 했으니 간을 이리저리 뒤집어 본다. 쓸개를 뒤집어 본다. 그런데 어느 곳에도 흔적을 찾을 수 없다.

　가끔 오르내리는 집 앞의 오솔길이 있다. 아침 산책을 하기에 안성맞춤인 나지막한 언덕이다. 나는 그 길을 천천히 걸으면서 길가의 소나무 밤나무 감나무 탱자나무를 본다. 그 외에 수많은 잡목이 자라고 있다. 그 나무들은 무슨 그리움처럼 푸른 잎사귀를 바람에 나부끼고 있다. 그러면 나무 속에 갇혀 있던 그리움이 밖으로 나오는 것 같다. 나는 물론 그 그리움을 공으로 내 가슴에 안긴다. 그런 점 자연이 주는 고마운 그리움에 빚지고 사는 셈이다. 그 기운 속에는 그리움이라는 어떤 신호가 차곡차곡 들어 있음을 안다. 받기만 하고 무엇으로 갚을 생각은 전혀 하지 못했다. 그리움이 토라진 것은 내 무심한 태도에 있었는지 모른다.

　그리움을 만만하게 생각한 것이 잘못이다. 그냥 쓰다듬으면서 예쁘다 예쁘다 하면 내 곁에서 나와 함께 말동무라도 될 것이라고 일방적으로 믿었다. 잘못 끼운 양복저고리의 단추를 다시 끼워주고 듬성듬성한 내 머리칼에도 신경을 쓰리라 믿었다. 먼지로 얼룩진 구두코에 약칠이라도 좀 하고 다니라고 은근히 타일러줄 것이라며 혼자만의 생각으로 안이하게 그리움을 대했다. 그게 엄청난 착각이라는 것을 그리움이 떠난 다음에야 깨닫는다. 아쉬운 일이지만 깨달음은 언제나 일이 터진 다음에 온다. 사전에 오는 것은 아무것도 없다. 엉성한 구석이 있어도 그냥 괜찮을 것이라며 예방에 게으르다. 그리움이 떠나 싸다.

일전에 독감예방주사란 걸 맞았다. 그래야만 독감이 몸속에 끼어들지 못한다고 한다. 그게 혹 약성 변화를 일으켜 그리움 예방으로 전이되지는 않았을까 하는 염려도 든다. 그런 점 지금 우왕좌왕이다.

그리움이 사라지고 안절부절 못하고 있다. 나는 마음이 약하다. 때로는 변덕이 죽 끓듯 복닥거린다. 그리움을 놓친 나는 캄캄하다고 혼잣말을 한다. 캄캄한 것은 어둠의 색깔인 검정만이 아니다. 의미를 붙인다면 불안 초조 뭐 그런 것도 있다. 검정과 대비되는 흰색은 적막이거나 무無이겠지만.

나는 지금 검은 깃발과 흰 깃발을 각각 들고 있다. 사라진 그리움에게 수기신호를 보내고 있다.

하늘천 따지

이번 역에서 내려야 한다. 2번 출구로 나가야 한다. 이번과 2번 출구에 자칫 헷갈린다. 헷갈리고자 이번 역에서 내리는 것은 아니다.

헷갈리면서 산다는 말은 하고 싶지 않다. 나무가 제 그림자를 땅에 내려놓듯이 나도 내 그림자를 이번 역에 내려놓을 것이다. 나무 그림자는 나무를 말하고 내 그림자는 나를 말한다. 나무가 흔들리고 나무 그림자가 흔들리는 날도 있다. 흔들리면서 하늘 천天, 따 지地를 읊을지도 모른다. 그렇게 생각하는 나는 혹 서당 학동이 되어 있을 것이다.

할아버지는 자주 한문책을 읽으셨다. 그때마다 상체를 좌우로 흔들었다. 할아버지가 나무를 닮아 가는지 나무가 할아버지를 닮아 가는지 그때 궁금하게 생각했는지도 모른다. 바람이 나무를 좌우로 흔들고 한문책을 읽고 계시던 할아버지도 좌우로 몸을 흔들던 기억은 지금도 또렷하다. 나무 아래 서서 나무 그림자가 흔들리는 것을 보다가 할아버지의 목소리를 듣는 느낌에 찬다. 나무가 한문책을 읽고 있으리라는 착각에 끌려들기도 한다.

몸을 좌우로 흔드는 것은 그 나름의 조율이며 율동이라고 하겠다. 나무든 사람이든 흔드는 것으로 신체의 균형을 유지하는 감각 기능으로 삼는다면 어떨까. 춤꾼들도 몸을 흔들어 흥을 돋구지 않는가. 다시 나무를 보는데 나뭇잎이 가늘게 흔들리고 있다. 바람이 지나가는 기척이 있다. 햇볕이 나뭇잎의 배와 등을 가만 쓰다듬는다. 바람과 햇볕은 이때만은 나무를 돌보느라 한마음 한뜻이 된다는 것을 알 수 있다.

알 수 있다는 말 뒤에는 모를 수 있다는 말이 따라붙는다. 나뭇잎의 전면과 후면처럼 아는 듯 모르고 모르는 듯 안다는 생각을 할 수도 있다. 안다고 다 아는 것은 아니다. 모른다고 다 모르는 것 또한 아니다. 그림자를 땅에 내려놓는 나무는 나무의 모든 것을 내려놓는 것은 물론 아니다. 그런 생각에 다시 헷갈리고 있다. 2번 출구를 몰라 헷갈린다. 잘 나오지 않는 2번 출구는 그만두고 3번 출구 방향을 찾을까 싶다. 그런데 그 또한 헷갈리는 노릇이다. 2번 출구라고 했으니 처음부터 2번 출구를 찾아야 한다. 여기 아니면 저기라는 생각을 하다가 여기도 놓치고 저기도 놓친 일이 부지기수다. 이편에 붙으면 유리할까 저편에 붙으면 국물이라도 얻을 수 있을까 하고 잔재주를 부리는 사이 이편도 놓치고 저편도 놓치는 낭패를 보는 경우가 흔히 있다. 신념은 날카로운 칼날임을 알아야 한다.

줏대가 있어야 한다는 말을 흔히 듣는다. 그걸 모르고 우왕좌왕 실패를 끼고 떠도는 주인공이라면 서글프지만 왕따 당해 싸다. 나는 칼날을 잃었다. 그렇다고 굳이 칼날을 찾아야 한다고 우기는 것은 전혀 아니다. 성공담을 쓴 책이 잘 팔리는데 성공을 모르는 나는 그걸 쓰지 못한다. 생활에서 성공한 적이 없는 나는 실패담만은 쓸 수 있다고 자신만만해 한다. 실패는 성공으로 가는 길이라는 말을 들은 적도 있기는 하다. 그렇다고 누가 실패하기를 바라며 실패담을 읽겠는가. 역설이라는 말에 혹하기는 하지만 실패하면서 성공하기를 바라는 사람은 거의 없는 세상이다. 하지만 실패는 성공으로 가는 지름길이란 말은 그다지 어긋나지 않는 것 같다.

딱한 일이지만 나는 실패만 거듭하면서 살아온 셈이다. 재주없는 처지에 글을 써도 아무도 거들떠보지 않는다. 뻔하기 때문이다. 글의 첫 줄만 읽어도 아, 이 친구 무슨 말을 하려는지 알겠다며 책을 덮을 것이다. 그런 처지에도 삶이라는 솥뚜껑을 열면 성공/희망이라는 김이 솔솔 피어오를 것이라고 일단 믿어보기로 한다. 그런데 좀처럼 그런 기미가 나타나지 않는다. 2번 출구를 찾지 못하고 다시 절망한다. 절망 속에 희망이 있다는 말을 한다. 이 또한 일종의 위안 어법이다. 그 어법을 믿는 것이 마음 편하기는 하다. 절망으로만 살 수 없지 않는가. 희망을 갖자. 그렇다. 2번 출구를 찾아 2번만 생각한다.

희망을 먹고 희망 속에 산다는 말을 주입 시키기로 한다. 그런데 절망의 늪에서 일어서려는 나는 어쩔 수 없이 고단하다. 허리가 휘고 발걸음이 무겁다. 눈꺼풀이 내려앉는다. 어디론가 몸이 기우는 느낌이 든다. 이런 때는 가만 앉아서 할아버지의 흉내나마 일삼기로 한다. 내 몸이 좌우로 흔들린다. 좌우로 흔들리는 나무, 좌우로 흔들리는 물결, 좌우로 흔들리는 풀잎을 본다.

하늘천 따지.

나도 그렇고 나무도 그렇고 언제부터인지 천지현황天地玄黃이라는 구절에 몸을 좌우로 흔들고 있다. 하늘천 따지를 읊고 있는 세상, 나도 그 세상을 알고자 2번 출구를 찾아 헤매는지도 모른다.

횡포가 나를 키운다

유병근 유고 수필집

part 2

굴렁쇠 같은

이미 지나간 엉거주춤한 생각을 머릿속에 굴리며 컴 앞에 앉는다. 아문 상처를 덧나게 하는 일이 될 수도 있다. 그런 점 나는 지나간 상처나 들추는 구닥다리 돌팔이 같다.

마음이 맑아야 표정이 편안하다는 말이 떠오른다. 표정, 편한 등 피읖[ㅍ] 으로 이어지는 파열음 현상이 거푸 터지는 느낌을 아파한다. 피를 부르는 음정, 딱딱한 분위기 같은 파 퍼 포 푸 프 피 등을 팡 터지게 소리 내어 본다. 표정이니 편안함이니 하는 말을 요량도 없이 쓴다. 미처 생각하지 못한 딱딱한 파열음이 내 속에 잠재하고 있는지 궁금하다.

궁금한 것이 어떻다고 말하지 않기로 한다. 말한다는 것은 내 안의 못난 무엇이 나에게로 되돌아와서 나를 찌를 것 같은 느낌이 든다. 뜻밖의 흔들림에 놀라 눈이 둥그레지는 스스로를 보는 것은 아무리 좋게 해석해도 달갑지 않은 짓이다. 잠재세력이나 다름없는 내 안의 단단한 덩어리가 악다구니를 쓰면서 주먹을 휘두르면 어쩌나. 가령 내가 '아'라고 말할 경우 내 안에서 '어'하는 말투로 돌변하여 왈칵 덤벼들 것이란 짐작에 놀란다.

오래전이다. 한약방에서 가미팔물탕加味八物蕩이라는 것을 조제 받은 적이 있다. 약성을 더욱 효과 있게 하느라 팔물탕에 몇 가지를 더하여 가미라는 이름을 얹은 처방이었다. 내가 만약 무엇이 궁금하다고 내뱉을 경우 내 궁금증에 가미라는 처방을 몇 개 더 얹어 되돌아올 것 같은 느낌은 좀체 지울 수 없다.

내 안에 잠재된 비겁함과 거짓부리를 탈탈 털어내기로 한다. 참회하는 것이다. 나를 정화하는 고백, 고해를 통하여 다시 태어나는 나를 보기로 한다. 누구에게 도움을 청할 처지는 물론 아니다. 하지만 수필이 그 역할에 조금이나마 힘이 되어주기를 염치머리도 없이 은근히 기대한다. 나에게 떡 줄 생각도 하지 않는 수필인데 상황이 다급한 나는 김칫국부터 먼저 홀짝거린다.

어쩔 수 없이 나는 또 수필에 알랑거리며 등을 기대고 이 글을 쓰고 있다. 내 안에 세균처럼 우글거리는 비겁한 폭력성과 허위와 아첨을 모르고 쓰고 있다. 나를 정화할 일이 너무 많다는 것을 나는 안다. 어느 것을 먼저 처리해야 할 것인지 망설인다. 캄캄하고 따분하다. 캄캄한 눈, 캄캄한 겨울밤, 추위를 마다하고 쓴다.

염치를 모르고 쓰고 있는 나는 분명 2%쯤 꼭지 덜떨어진 얼치기다. 그런데 2%라는 점수는 아무래도 후한 것 같다. 보다 더 모질게 깎아내려야 하는데 인심이 후한 편이라며 나를 두둔한다. 그 맛에 얹혀산다고 또 입을 댄다. 두둔하면서 살고 두둔하면서 그다지 길도 보이지 않는 수필의 삶을 맛나게 감수한다고 아첨이나 다름없는 말을 살살거린다.

한물간 이야기는 될수록 접어두라고 수필이 타일렀다. 오늘 다르고 내일 다른 세상을 깊이 보고 생각하라고 했다. 그런데 그 충고를 저버리듯 지나간 이야기에만 매달리는 나는 되잖은 소리로만 지껄이는 가납사니다. 수필의 길에서 왕따 당해 싸다. 서글픈 요량이지만 그렇다. 그렇다는 것을 알고도 고칠 생각을 하지 못하는 지진아다. 나를 모르고 염치머리도 없이 수필에 놀고 있는 나는 맥장꾼이다. 그럼에도 수필에 기대어 수필과 친한 척하고 있으니 분수를 모르는 딱한 어처구니다.

다시 생각하기로 한다. 기왕 들어선 장바닥 아닌가. 떠밀리지 않으려 없는 인내심을 드러낸다. 이런저런 눈치를 보는 건 더욱 얄궂은 일이다. 어설프지 않으려 먼 산에 눈을 파는데 짚이는 것이 있다. 구름이 산봉우리에 기대고 있다. 허공에 떠 있던 구름이었는데 어느새 산봉우리에 가서 한때를 보내고 있다. 까닭이 있을 것 같다. 이 문장을 쓰면서 지금은 구름에 생각을 기대고 있다. 구름을 볼 줄 아는 자가 되어야겠다고 혼잣말을 한다.

산길을 타면서 잠깐 쉬는 동안 준비한 차를 마신 적이 있다. 산을 좀 되돌아보자는 생각을 하고 있던 참이다. 산봉우리에 걸린 구름이 눈앞에 다가왔다. 하얀 조각구름이다. 허공을 떠도느라 피곤했을 구름은 산을 타느라 피곤한 나를 닮은 듯했다.

세상을 산다는 것은 어쩌면 산봉우리에 걸린 구름 같은 세월을 사는 일이다. 서두르기만 하지 말고 때로는 쉬어가는 마음의 여유도 가지라고 구름이 타이르고 있을 것이다. 구름 같은 인생이라고 하는 말을 흔히 듣는다. 덧없는 인생을 그렇게 말하는 것 같다. 앞이 있으면 뒤도 있다. 덧없다고 했으니 덧있다 또한 생각하게 된다. 덧

있다 덧있다 하고 희망 같은 생각을 굴려본다. 생각하기 나름이란
말도 있지 않는가. 산 위에 걸린 구름이 덧있음을 찾아 어디로 또
굴러가는 것처럼 보인다. 구름에도 둥글둥글 빛나는 바퀴가 있다.

굴렁쇠 같은 그 바퀴를 나도 굴리고 싶다.

그래서 쓴다

멀리 있는 산은 먼 친척처럼 보이는데 가까이 있는 산은 이웃사촌처럼 다정한 느낌도 든다. 이웃사촌 같은 산 아랫길을 걷는다.

치마폭을 넉넉하게 펼치고 앉아 있는 산이다. 어린 것들이 치맛자락에 매달리듯 나무들이 옹기종기 붙어 서있다. 높은 산자락의 나무는 검푸른 도배질을 한 것처럼 보인다. 산 정상에서 보던 산 너머 산과 산 너머 마을과 산 너머 바다는 볼 수 없다. 그러나 사람들이 자주 다니는 산 아랫길은 이러저러한 이야기가 낮은 풀꽃 더미처럼 옹기종기 정다운 길이다.

산 정상에 올라 먼 곳을 볼 기회가 그다지 없다. 그런 탓으로 산 너머 마을 풍경은 마음의 눈으로 본다는 말을 한다. 형태 없는 마음이 형태 있는 먼 마을을 본다. 그 먼 마을은 언젠가 산 정상에 올라갔을 때 이미 보아둔 곳이다. 바다를 옆구리에 끼고 돌아가는 꼬불꼬불한 오솔길 같은 길이 있는 마을이다. 길을 옆구리에 낀 또 다른 산줄기에 정답게 붙어사는 마을도 있다. 그 지방은 산과 마을 그리고 바다 등으로 삼각 구도를 이룬 마을이다. 산은 그 줄기에 또 다른 줄기를 넝쿨처럼 주렁주렁 달고 있다. 줄기와 줄기 사이를 비집고 매달린 강물도 있다. 강물을 따라가면 들판이 나타나리라고 생각하는데 또 다른 산줄기가 산의 씨앗을 뿌린다.

상식적인 말이지만 마음의 눈, 마음의 귀, 그리고 마음의 후각을 통하여 세상을 보고 느낀다고 말한다. 당장 눈앞에 보이지 않는다고 산이 없거나 나무가 사라진 것은 아니다. 산은 산대로 거기 있고, 마을은 마을대로 거기 그대로 있다. 나무 또한 자연스럽게 거기 있다. 거기 있기 때문에 때로는 버릇처럼 거기 있다고 녹음한 것처럼 쉽게 말하는 경우도 있다.

마음이 행동이다. 나는 그 행동으로 한 번도 가본 적이 없는 먼 나라로 떠난다. 아프리카 대륙으로 간다. 검은 대륙의 햇빛과 햇빛에 타는 사막을 걸어가는 나를 본다. 잉카 문화를 찾아가는 꿈속의 나를 본다. 나는 지금 누군가의 인디언 이름을 불러본다. 그러면 아득한 소리의 대답을 들을 수 있을 것 같다는 느낌을 받는다.

지금 산 아랫길을 걷고 있다. 먼 나라, 먼 지방은 우선 접어두고 바로 눈앞에 있는 산 아랫길에서 소나무를 타고 오르는 담쟁이넝쿨을 본다. 돌담이 없는 산에서는 소나무가 돌담 구실을 하는 것 같다. 소나무는 담쟁이넝쿨에게 등을 내어준다. 담쟁이넝쿨은 소나무 줄기에 손을 뻗어 소나무를 빨아먹는다. 모성애를 베푸는 소나무다.

생각하면서 주위를 둘러보면서 걸어가는 산 아랫길에는 소나무 말고도 개복숭나무 참나무 오리목 그리고 시누대 나무숲도 있다. 이 도시에는 바다를 건너온 월남사람 인도사람 그리고 태국사람도 더러더러 눈에 띈다. 그들은 대개 돈벌이를 찾아온 개복숭나무 같고 참나무 같고 대나무 숲 같은 외국 사람들이다. 돈벌이가 잘 되어 많은 돈을 모아서 그들 나라로 되돌아가면 좋겠다. 하지만 뜻대로 되는 일이 드문 세상이다.

세상이란 말이 나왔으나 정작 나는 세상을 잘 모른다. 안다는 것은 기껏 살고 있는 마을 주변 반경 약 1킬로미터 안팎 정도다. 그것도 눈에 띄는 마을의 외부에 지나지 않는다. 마을의 내부를 알 수는 없다. 굳이 알 필요도 없다. 지금 생각하는 이 글의 줄거리도 마을의 바깥을 주섬주섬 떠벌리고 있는 셈이다. 그런데 나는 대상이 갖는 대상의 내면을 보고 느끼는 감각이 있는 글을 쓰고자 한다. 그런 점 나는 처음부터 허술하기 짝이 없는 글을 조물조물 만지고 있음을 자인한다.

지금 산 아랫길에서 이런저런 생각을 마음에 담으면서 걷고 있다. 고독한 수필가의 산책이라면 좀 심각한 말 냄새가 난다. 자칫하면 철학으로 얽힌 냄새도 날 것 같다. 철학이 무엇인지도 모르고 입에서 나오는 대로 소크라테스니 쇼펜하우어니 하이데거니 무엇을 아는 것처럼 떠벌린다. 혼자 하는 산책이니까 그런 이름이라도 들추어야 직성이 풀릴 것 같다. 왜 고독하다고 생각하는지 그건 모른다. 혼자라서, 아니다. 언제는 혼자 아니었나. 지하철을 타도 혼자다. 곁에 누가 있어도 혼자다. 어쩌다 아내와 함께 가까운 시장에 가는 경우도 혼자라는 느낌은 그다지 변하지 않는다. 고독이란 것을 자초하지는 않지만 왠지 혼자라는 생각이 나에게는 어울릴 것 같다는 생각을 뜬금없이 한다. 이래서는 재미없다. 하지만 군중 속의 고독이란 말 또한 세상에 어울리지 못하는 나를 위해서 있는 것 같다. 내 사주에 고孤자가 똬리처럼 들어 박혔는지 모른다. 그런 때는 고考자가 들어앉았다고 생각하기로 한다. 고독은 내가 자초한 고독孤讀/苦毒일 수도 있다. 사회성이라고는 눈을 닦고 보아도 없는 미지근한 처세는 스스로가 만든 고독이라는 올가미에 묶여 사는 죄수인 셈이다.

그런데 고독을 알다니 참 신기하다. 물구나무도 설 줄 모르는 처지인데 아무리 생각해도 나를 믿을 수 없다. 믿을 수 없으면서 나는 나를 온전히 믿는다. 그래야만 살 수 있기 때문이라고 변명한다. 산다는 것은 그나마 스스로를 엉거주춤 믿기 때문이다. 이런 믿음이라도 없으면 이 험한 세상을 어찌 사노. 아비가 제 새끼를 죽이고 아내가 정부와 짜고 남편을 죽이고 보험금을 노리는 막돼먹은 무서운 세상 아닌가.

돌아보니 험한 세상을 두려움도 없이 떠벌리고 있다. 생각을 좀 바꿔야겠다. 산길에 피어 있는 풀꽃을 생각하고 나뭇가지에 앉아 소리를 뽑는 새를 생각해야겠다. 그 꽃처럼 소박미素朴美가 있는 담백한 글을, 새소리처럼 맑고 고운 목소리 같은 청아한 글이나 생각해야겠다. 그런데 내 목소리는 태생부터 껄껄하다. 음악점수는 겨우 낙제점을 면할만한 처지였다. 이런 형편인데 정감이 넘치는 위트 있는 작품을 생각하기는 아예 틀린 일이다. 그렇다고 좌절할 수는 없다. 세상 말마따나 가는 데까지 가보는 거다.

흐리던 날이 조금씩 트인다. 내 안에도 트이는 무엇이 있을 것 같다. 그래서 쓴다. 쓰는 것이 사는 길이라는 생각을 한다. 그래서 또 쓴다.

속 쓰린 날

머릿속을 막 스치고 지나간 것이 있다. 그걸 잡으려고 볼펜을 쥔
다. 잠자리를 잡을 때는 잠자리채를 쥐었다. 방금 스치고 지나간 것
은 잠자리는 아니다. 볼펜을 쥐었으니 분명히 볼펜으로 잡을 수 있
는 무엇이겠다.

스치고 지나간 것이 알쏭달쏭하다. 저녁 어둠 속에서 지고 있는
나뭇잎 소리일까. 나뭇잎은 아닌 것 같다. 저녁이 지나가는 뽀스락
거리는 소리, 그 소리를 들은 적이 있다. 해거름을 밟고 돌아가는
송아지 울음, 둥지를 찾아 날아가는 새들의 날갯짓, 골목에서 노는
아이들 이름을 부르는 엄마들의 말소리에 저무는 기척이 들어 있
다.

그것은 멀리 지나간 추억의 소리다. 추억 속에는 감성이 있고 기
억 속에는 지성이 있다는 생각을 한 적이 있다. 그 감성이 살아나는
소리가 머릿속을 스치고 있는지도 모른다. 지금은 그러나 모른다고
쓰고 모른다는 한마디로 정리하는 엄벙덤벙한 나를 돌아보고 있다.

머릿속을 막 스쳐 지나간 것은 도둑처럼 몰래 지나간 것이다. 발
자국 흔적을 남기지 않으려 애를 썼을 것이다. 옷깃이 혹 모서리에

걸릴까 봐 조심했을 것이다. 갑자기 기침이라도 터질까 봐 조바심을 냈을 것이다. 어쩌면 첩자諜者였을 것이다. '것이다'로 이어지는 이 문장 또한 수상한 첩자인지도 모른다. 마침표를 찍어야겠다. 맥이 빠지는 문장을 더는 쓰고 싶지는 않다. 전광석화처럼 머릿속을 스쳐 간 약삭빠른 도망자는 그냥 놓아주기로 한다.

말초신경이나 다름없는 미세한 것에 나는 습관처럼 둔하다. 작은 것을 놓치면 큰 것 또한 당연히 놓치게 된다. 작은 것은 가벼운 것이라고 놓치고 큰 것은 무겁다고 놓친다. 놓친 다음 이런저런 변명을 한다. 어설픈 이 문장도 그런 변명에 지나지 않는다. 문장을 쓴다는 것은 변명거리를 찾아 그 변명에 무슨 덧칠 같은 거나 듬뿍 먹이는 속임수라고 말하고 싶다.

배구 시합을 할 때였다. 상대가 치는 공을 번번이 놓친 나는 멍청한 허방이었다. 오래전의 일이지만 허방 시절을 생각하면 속이 쓰리다. 사람들은 나를 팀에서 제외 시키고 싶었을 것이다. 눈치가 좀 빨랐다면 스스로 물러났을 것이다. 그런데 히죽거리면서 얼른 끝났으면 싶은 게임에 시달리고 있었다.

뒷짐을 끼고 낙동강 둔치에 설까도 싶다. 생각에 잠긴 듯 천천히 몸을 밀고 나가는 강물에나 눈을 팔아야겠다. 물은 생명을 연결하는 직통 회로라는 생각은 누구나 다 아는 사실이다. 물의 소중함을 일깨우고자 오아시스를 깊게 품는 사막은 인자한 모성을 갖는다. 그런 점 오아시스는 사막의 젖가슴이다. 물이 없으면 견딜 수 없는 광활한 사막에서 오아시스는 구세주, 어머니다.

오아시스를 실제로 본 적은 없다. 어쩌다 사진으로 보거나 여행객들이 풀어놓는 여행담에서 들었을 따름이다. 그런데 그것은 오래 전에 이승을 떠난 어머니를 떠올리게 했다. 밤중에 자다가 깨어보면 그때까지 어머니는 베틀에 앉아 베를 짜고 계셨다. 그 베로 된 무명옷을 입고 학교에 다녔다. 어머니의 은혜란 말을 나는 차마 입에 담지 못한다. 생전에 어머니를 위한 효도를 한 기억이 거의 없기 때문이다.

문장의 줄거리가 자꾸 비틀거리고 있다. 어긋나고 있다. 어머니께 효도를 베풀지 못한 나를 문장이 안다. 때를 놓친 넋두리는 그만하자. 밤이 깊어가고 있다. 어디서 베 짜는 소리가 들리는 것 같다. 어머니의 일생이 베틀 소리에 있을 것이라며 나는 소리에 귀를 댄다. 귀뚜라미 소리도 들린 것 같다.

갑자기 마음이 어수선하다. 이 문장을 더 끌고 갈 수가 없다. 왠지 그냥 울고 싶다. 펑펑 울음을 쏟아내지 않아도 서러운 눈물이 가슴 밑바닥을 적시며 솟아오를 것 같다. 대지의 가슴을 적시며 솟아오르는 오아시스는 감히 생각할 수도 없다. 하지만 지금 오아시스 생각을 하면서 이 문장을 쓴다. 문장 속에 오아시스 같은 어머니의 젖가슴이 잠겨 있다는 생각을 감히 한다. 그것은 나만의 애틋한 그리움인지도 모른다. 나는 또 문장 속에서 흐느적거린다. 내 안의 문장이 축축하게 얼룩지고 있다.

속 쓰린 날이다.

지각한 비

비를 잔뜩 품에 안은 듯 무거운 하늘이다. 먹장구름이 빈틈없이 하늘을 더 무겁게 하고 있다. 비가 온다고 했으니 비는 예정대로 올 것이다. 우산을 챙긴다.

오전부터 내린다던 비는 정오가 지나도 소식이 없다. 우산이 무겁고 성가시다. 오후 세 시가 지나도 오지 않는다. 일을 마친 나는 집에 닿는다. 비가 오지 않는 날의 우산은 성가신 군더더기다. 그 군더더기를 신발장 안에 도로 집어넣는다.

일기예보를 떠받쳐 주느라 비는 다른 지방에서 오고 있을 것이다. 언젠가 중부지방에 호우주의보가 내리고 엄청난 물난리를 겪은 일이 있다. 그때 남부지역은 멀쩡했다. 우리나라가 작은 국토 아니라는 생각을 비를 통해서 깨닫는다. 언젠가는 부산지역이 폭우로 난리법석을 떨 때 바로 이웃 도시인 양산지역은 해가 떠 있는데 비가 오고 비가 오는 데 구름 사이로 해가 비친 상태였다.

비를 비悲라고 생각한 적도 있다. 딸이 결혼식을 올리던 날이었다. 전날까지만 해도 멀쩡하던 하늘이 아침부터 추적추적 비를 뿌렸다. 비를 맞고 찾아올 하객들에게 미안한 일이었다. 딸의 결혼을

못보고 떠난 사람의 아픈 눈물이라고 나는 속으로 생각했다. 그걸 굳이 내색할 수는 없었다.

비를 기쁨이라고 생각한 적은 수없이 많다. 가뭄 끝에 내리는 비는 말 그대로 금비나 다름없다. 농사를 하는 농부들에게 가뭄 끝의 비는 달다. 입은 옷 그대로 들에 나가 작물과 함께 비를 맞으며 빗물이 허투루 흘러가지 않도록 흙을 끌어 다독거리고 밭고랑을 손질한다. 작물이 비를 받아먹는 소리를 들으며 모처럼 활짝 가슴을 편다.

도시에서도 모처럼 오는 비는 모처럼 반갑다. 오는 비를 보고자 우산을 쓰고 일부러 밖에 나간다. 비는 반가운 손님이다. 토닥토닥 우산을 적시는 빗소리를 들으며 천천히 길을 걷는 젊은 감상주의자도 있다. 그런데 나는 아파트 단지 안의 화단에 떨어지는 비를 모른다. 18층 실내에서는 비 오는 눈치를 쉽게 알아차리지 못한다.

비는 저녁 어스름이 깔릴 무렵에야 살금살금 내린다. 낮에 온다던 비는 약속을 어긴 일이 무안하여 사람들이 저녁 밥상에 앉을 시간을 보아 내리는 것 같다. 종일 일에 시달리는 도시 사람들의 편의를 돌보느라 일부러 시간을 늦춘 것 같다. 모처럼 오는 비를 더 가까이에서 맞고 싶다. 아파트 출입구로 내려섰다. 아파트 시멘트 바닥에 빗물이 잠깐 고여 있다. 아파트만이 아니다. 도시는 여기도 시멘트 바닥, 저기도 시멘트 바닥이다. 비는 갈 곳을 잃고 우두커니 길바닥에 머문다. 땅에 내려도 땅속에 스며들지 못하는 비는 우왕좌왕이다.

갈 곳을 찾지 못하는 것은 비만이 아니다. 어느 지하철 역사 입구에서다. 그날도 비가 오고 있었다. 허름한 노숙자 차림의 중노가 우산도 없이 비 오는 바깥을 우두커니 보고 있었다. 하수구는 그런 점 비를 받아 어디론지 보낸다. 인생이 하수구만도 못하구나 하는 생각을 그 중노는 아파하고 있었는지도 모른다.

희喜로 시작하여 비悲로 끝나는 것이 인생이라는 생각을 잠깐 한다. 기왕이면 희로 끝나는 인생이었으면 하는 바람은 나만의 생각은 아닐 것이다. 방에 돌아와 책장을 넘긴다. 머리를 식힐 겸 다시 바깥을 본다. 비가 계속 오는지 어쩌는지 바깥은 어둠 속에서 어둠을 훌렁 덮어쓰고 있다.

어둠은 아까보다 더 짙은 어둠이라는 캄캄한 물감을 둘러쓰고 있다. 어디서 어디까지가 하늘인지 구별이 잘 되지 않는 검정 일색이다. 이웃 아파트의 불빛만 없다면 세상은 그야말로 태초의 암흑일 것이다. 불빛과 불빛 틈새로 저녁 무렵의 비가 소리를 죽이며 조심스럽게 오고 있을 것이란 생각에 끌린다. 발을 잘못 디딜까 봐 조심하는 비, 내일을 예측할 수 없다는 비도 있지 않겠는가.

비는 늦었다고 쑤군대면서 어둠 속에서 발을 헛딛을지도 모른다. 그걸 아파트 화단의 씨씨티브이cctv가 괜찮니 괜찮니 염려하는 목소리로 찍고 있을 것이다.

횡포가 나를 키운다

햇빛 바라기를 하고자 돌담 아래 기대선다. 봄 햇빛이 모이는 곳은 양지바른 돌담 아래다. 돌에 눌어붙은 햇빛을 긁어볼 셈으로 손톱으로 돌을 긁는다.

돌에 자라는 것이 있다. 보나마나 돌이끼인데 햇빛이 쌓여 이끼가 되었을 것이란 생각을 하는 것도 그다지 무리는 아니지 싶다. 추상화 같기도 한 이끼 속에는 햇빛만이 아닌 달빛이 고여 있고 밤마다 반짝이는 별빛도 고여 있을 것이다. 비와 바람인들 그냥 지나가지 아니하고 돌이끼를 키우는 일에 힘을 보탰을 것이다. 뿐만 아니다. 돌담 아래 서서 햇빛 바라기를 하던 이야기도 고스란히 이끼 깊숙이 스며들었을 것이다.

돌에 자라는 이끼를 보는 것은 세월이 그린 그림을 보는 일이다. 그런 점 사람의 얼굴에도 그림이 뜬다. 나이를 말하는 저승꽃이다. 돌담 이끼 같은 얼굴 아닌가. 얼굴 속에 살아온 세월이 있다. 뒷산 부엉이 우는 소리가 있다. 밤중에 우는 여우 울음소리가 있다. 멧돼지가 논밭에 내려와 다 자란 곡식을 쑥밭으로 만든다는 안타까운 소리도 있다. 누구네 집에서 밤새 굿을 한 징소리 꽹과리며 물밥 치던 소리도 줄 음과 줄 음 틈에 끼어있다. 상여놀이 소리도 있지 않겠는가. 저승의 소리를 이승에서 미리 보고 듣는 저승꽃이라면 어떨까. 나이 든다는 것은 세상의 이런저런 소리와 함께 햇빛 바라기를 하는 일이다.

돌담에 기대선 등이 뜨뜻하다. 햇빛 바라기가 아닌 햇볕 바라기라고 말하고 싶다. 햇빛은 날카로운 인상인데 햇볕은 푸근한 느낌이 든다. 빛살보다는 볕살이지 않겠는가. 그런 요량으로 돌담에 등을 기댄다. 돌담에 자라는 이런저런 이끼를 보는 눈에 세상 이야기 또한 햇빛 바라기를 하는 느낌을 받는다.

봄을 가장 먼저 알고 듣는 것도 돌담 발치에 있다. 겨우내 움츠려 있던 냉이며 민들레며 오랑캐꽃이 눈을 뜨고 나온다. 그래선지 봄의 전령사를 대라면 돌담 아래에서 자라는 풀꽃을 대고 싶다. 돌담 발치에 봄의 선두 주자가 숨바꼭질하듯 숨어있지 싶다.

돌담에 새겨진 추상화를 보는 일 또한 즐겁다. 그런데 그 즐거움이 나날이 사라지고 있다. 개발이라는 명분에 힘입어 어느 날은 불도저가 돌담을 왕창 밀어붙인다. 어느 날은 철골 기둥이 우뚝우뚝 들어선다. 돌담은 더 이상 돌담이 아니다. 햇빛 바라기를 하던 이야기도 사라지고 봄의 전령사도 뿌리째 뽑혀 옛날이야기의 블로그blog 속으로 사라지고 만다.

사라지는 것이 어찌 그만이랴. 지금 내 앞에는 연필이 없고 지우개가 없다. 컴퓨터라는 편리한 문명에 떠밀린 연필 글쓰기와 지우개는 옛것을 그리는 품목이 되어 나타날 것이다. 햇빛 바라기라는 말 또한 사라지고 낱말 사전은 미처 듣도 보도 못한 새로운 언어를 책갈피에 끼울 것이다. 그런 생각에 잠긴 나는 '가즈아'라는 유행어를 때로 듣는다. 그런데 유행어라고 다 마음에 드는 것은 아니다. '가자'라는 말을 좀 더 현대 정서에 맞추느라고 만든 '가즈아'는 왠지 발음이 느슨하다. 늘어지는 듯한 어감이 그렇다. 속도 시대라는 현대 아닌가. 서구식 어감이라고 은근히 두둔할 수도 있겠지만 '가즈아'보다 '가자'가 더 힘이 강하다는 일방적인 생각에서 벗어나지 못한다. 하지만 너도나도 다투어 사용하면 어느새 '가자'가 아닌 '가즈아'가 말의 중심 세력이 될지 모른다. 언어 또한 대중이 밀어붙이는 힘에 따라 그쪽 방향으로 색깔의 옷을 싹 갈아입는다. 대중이 승리하는 언어혁명이라고 할 수 있을 것이다. 언어는 시대의 거울, 시대의 힘이라고 하지 않는가.

지금 이 글을 쓰는 나는 이 글에서 따돌리는 신세로 떠밀릴지 모른다. 또 다른 참신한 언어 세력이 나타나서 글의 격을 더 높이거나 글의 아귀를 확 틀어버리는 횡포에 시달릴 수도 있다. 햇빛 바라기는 돌담만의 장소가 아니라고 우길 것이다. 그리고 보니 양지바른 잔디밭 또한 햇빛 바라기 하기 알맞은 곳이라는 생각에 잠긴다. 횡포가 나를 키운다.

입춘대길이라는 절후를 지났는데 날씨는 뜻밖에 입춘 혹한의 연속이다. 가즈아. 어디로 가자는 말인가. 마음에도 없는 소리를 하는 나는 뜻밖의 언어에 휘둘린다. 햇빛 바라기를 할 수 있는 담벼락을 찾아 사방을 두리번거리는 철부지 같은 나를 본다. 여기도 시멘트 블록 저기도 시멘트 블록이 길을 막는다. 시멘트 블록에 묻힌 햇빛 바라기를 치켜들고 우두커니 서 있을 나를 떠올리는 건 아무리 좋게 생각해도 초라하고 민망스럽다.

세상에 뒤떨어진 내 생각이며 차림새가 누추하다.

부스럭거림에 대하여

나이든 사람들이 하는 짓이란 대개 부스럭거리는 일이다. 휴대폰을 찾아 이 호주머니를 뒤지고 저 호주머니를 뒤지는 일이다. 그렇게 뒤지며 부스럭거리는 사이 신호는 끊어진다.

휴대폰에 찍힌 번호를 찾아도 누가 불렀는지 감이 잡히지 않는다. 내 전화번호도 때로 깜박하는 처지인데 하물며 남의 전화번호를 일일이 기억할 수는 없다. 디지털 시대는 각자가 갖는 개인번호가 있어 이 또한 사람을 혼돈스럽게 한다. 한번은 아내의 전화를 받고도 미처 번호를 확인하지 못해 누구냐고 응답했다가 자칫 퉁을 먹을 뻔했다.

전화를 호주머니에 구겨 넣고 신호가 와도 미처 그 소리를 듣지 못하고 그냥 지나치는 경우가 허다하다. 이런 때는 뒤늦게야 번호를 확인하는데 아내의 번호가 찍혀 있다. 나는 왜, 하면서 뒤늦은 반응을 보여준다. 대개의 경우 점심은 먹었느냐에서 부드럽게 시작하여 뭘 사 갖고 오면 좋겠다는 내용이다. 그러면 나는 또 어쩔 수 없이 충실한 종이 된다. 나이 들며 아내에게 고분고분하면서 사는 것이 마음 편하다는 것을 깨닫는다.

부스럭거리는 것은 그만치 정리 정돈이 되어 있지 않다는 증거다. 이를테면 휴대폰은 어느 호주머니, 교통카드는 또 어디에 보관하고 신분증은 안주머니에 넣는 등 미리 자리를 잡아두면 가령 신호를 받을 때는 서슴없이 휴대폰을 꺼낼 수 있을 것이다. 그런 점 나는 먹통이다. 언젠가는 무슨 아이디어가 떠올라 메모지를 찾는데 그걸 찾는 동안 아이디어란 것이 감쪽같이 사라지고 멍청해진 적도 있다. 유비무환有備無患이라고 했는데 나는 틀렸다. 하기사 반듯하게 따지며 산다는 것도 피곤한 짓이다. 그냥 대충을 섬기면서 사는 것이 오히려 느긋한 일이지 않겠는가. 부스럭거리면서 사는 것이 차라리 마음에 드는 삶이라고 한다면 이 또한 게을러빠진 생활 방식이라고 핀잔을 듣겠지만.

지하철 객실 안에서다. 맞은편 자리에 앉은 노파는 예닐곱 개나 되는 올망졸망한 검은 비닐봉지를 정리하느라 꽤 부스럭거리고 있다. 시장에서 무엇인가를 산 크고 작은 봉지를 정리하느라고 그러는 것 같다.

나이 든다는 것은 알게 모르게 주위를 산만하게 하는 것이랄까. 갑자기 들리는 신호를 받느라고 이 호주머니 저 호주머니를 부스럭거린 내가 맞은편 자리의 노파 아닌가. 지하철 객실에 노약자석을 따로 정한 이유를 그런 점에서 생각해 보기도 한다. 아이들은 귀염을 떨면서 자라고 노인들은 부스럭거리는 소리로 주위를 산만하게 찌르며 늙어간다고 할까.

부스럭거린 뒤 휴대폰을 찾을 수 있고 부스럭거린 뒤 노파는 올망졸망한 비닐봉지를 정리할 수 있다. 부스럭거림이 삶이다. 아니 세계는 부스럭거리는 소리로 어제 다르고 오늘 다르지 않겠는가. 나무와 나무 사이를 지나가는 바람은 부스럭거리면서 나무를 자라게 한다. 파도는 부스럭거리는 몸짓을 하면서 더 넓은 바다로 나가지 않던가. 부스럭거림은 보다 더 새롭게 사는 길이다. 노파의 부스럭거림은 그의 식구들이 살아갈 길이다.

부스럭거리면서 챙기고 무엇을 쓸까 하고 머릿속을 또 부스럭거린다. 쓰레기 마당이나 다름없는 머릿속을 부스럭거린다. 머릿속에 온갖 부스러기 같은 것이 이리저리 뒹굴고 있다는 생각이 든다. 나는 그것을 뒤지며 부스럭거린다. 그러면 무엇인가 보일 듯하다. 언젠가 놓쳐버린 것이 쓰레기 마당이나 다름없는 그곳에 처박혀 있을 것이란 희미한 생각을 한다. 그것은 무슨 공기였을 것만 같다. 공기는 기체다, 아니 고체다 하면서 혼자 떠벌리던 허황한 것이 새삼 떠오른다고 나는 조금 들뜨는지도 모른다. 공기처럼 눈에 보이지 않는 것을 보이게 하는 것이 글쓰기라는 생각이 들 때 나는 공기를 어떻게든 보이는 무엇으로 여기고 싶었을 것이다. 그런 생각을 하는 날이 있고 그 생각을 깜박 잊어버린 날이 있다. 지금 그것을 쓰다듬는 시늉을 하고 있다.

공기가 만약 고체라면 손에 잡히는 무엇이 있을 것이다. 공기가 부스럭거린다며 공기를 다독거릴 것이다. 당연히 눈에 띄는 어떤 형체로 나타난 공기를 손으로 어루만질 것이다. 그런데 공기를 만지거나 보았다는 사람은 없다. 대신 공기가 맛이 있더라는 말은 흔히 듣기도 한다. 그럴 때 나는 공기의 맛을 찾는 탐미가探味家가 된다. 덩달아 코를 벌렁거리며 깊은 산속을 걷는 환상에 젖는다. 그러면 되는 것이다. 마음이 다소 느슨해진다. 느슨하다고 쓰다가 편안하다고 쓰고 싶다. 마음에 두었던 공기란 것이 여기저기 풀려나가는 산뜻한 느낌조차 든다.

이렇게 쓰고 있는데 언제가 놓쳐버린 것이 공기 아닌 다른 무엇이란 생각에 또 끌린다. 천방지축이다. 나는 왜 요랬다조랬다 하면서 마음을 고정 시키지 못하는지. 사실은 그럴 것도 같다. 가령 장미꽃에서 나오는 공기는 처음 장미꽃이었는데 미처 그걸 깨닫지 못했다. 천리향에서 나오는 공기는 천리쯤이나 가는 공기였을 것인데 그 또한 미처 깨닫지 못했다.

깨닫지 못한 것을 깨달으라고 장미는 향긋한 공기를 뿜어내고 천리향 또한 천리쯤으로 가는 달콤한 공기를 뿜어내는 것 아니겠는가. 이런 떨떠름한 글줄을 쓰는 내 공기는 어떤 것인지 미처 모른다. 그걸 알고자 쓰는 이 글이 하다못해 쑥부쟁이에서 나오는 공기쯤이라도 되었으면 하고 부스럭거린다.

어쩔 수 없다. 부스럭거리는 나는 부스럭거리는 공기로 지금 키보드 앞에 죽치고 있다.

일억 사천만 년 전

가시연잎에 싸인 늪은 아늑하다. 아늑한 세상이다. 하얀 새가 여기 한 마리 저기 한 마리 흰 쉼표처럼 앉아 있다. 가시연은 늪을 송두리째 껴안고 무슨 말인가 하고 있을 성싶다.

일억 사천만 년 전의 역사를 가지고 있다는 늪이다. 나는 일억 사천만이라는 침묵으로 지은 소리를 듣고 있다. 침묵이 삭아서 가시연이 되고 침묵이 삭아서 한 채 커다란 수궁水宮이 된 늪의 소리다. 그걸 받아 적으려고 늪가에 선다. 늪 가운데 아니면 늪 건너편 마을 어디에서 들리는 아늑한 울림이 있다. 북소리 같고 북소리를 먹은 바람소리 같다. 그런 울림의 고리에 꿰어 우두커니 선다. 아랫도리만 겨우 가린 일억 사천만 년 전의 원주민들이 눈을 멀뚱거리고 있는 환상에 잠긴다. 텁수룩한 머리칼, 얼굴을 가린 수염이 우우 뭔가를 웅얼대는 느낌이 든다. 북소리는 일억 사천만 년을 둥둥 칭얼대는 소리 아니던가.

가장 깊은 바닥인 일억 사천만 년에서 우는 늪의 울음이 가시연으로 자란 듯하다. 가시연으로 모습을 바꾼 아늑한 울음소리. 나도 가시연이 되어 잠긴다. 내 안의 늪을 찾아 늪가에 선다. 새들도 늪의 적막을 찾아 앉으리라. 따오기 해오라기 왜가리 쇠물닭 황조롱이 수리부엉이 원앙 논병아리 가창오리 홍머리오리 등도 일억 사천만 년 전의 적막을 듣는 한나절이다.

저녁노을 무렵에는 놀빛 속으로 깃을 치는 새들의 놀빛을 볼 수 있겠다. 그것은 새들이 판치는 일억 사천만 년의 무지개 놀이일 것이다. 새는 침묵이라는 악보를 날갯짓으로 울리고 있을 것 같다. 일억 사천만 년을 울리는 아늑한 굿판 소리를 듣는 환청에 잠긴다. 늪은 그 소리를 연꽃 속에 감추고 있어 보인다. 나는 그 침묵에 귀를 기울인다. 하지만 굳이 들으려고 하지 않는다. 침묵이 품고 있는 쓸쓸함의 울림을 가슴 깊숙이 문지르고 싶다.

어느 동굴 속에서도 이와 흡사한 느낌을 받은 적이 있다. 동굴 속에도 우포늪이나 다름없는 오랜 역사가 켜켜이 쌓여 있기는 마찬가지였다. 나는 그 역사를 동굴 벽에서 보았다. 물방울이 방울방울 떨어지는 종유석을 고개를 들어 찬찬히 살피곤 했다. 물방울 소리에서 동굴의 깊이며 정적의 울림을 헤아렸다. 피아노 건반을 울리는 듯한 맑은 음향이거나 목관 악기에서 울리는 은근한 소리 같기도 했다. 그것은 동굴이 갖는 깊이와 적막의 소리였다. 역사란 말하기보다 듣고 느끼는 쪽이라며 일방적으로 생각하고 있었다. 역사를 본다는 것은 일억 사천만 년을 보고 느끼는 일이다.

늪을 구경나온 두 젊은이가 나란히 늪가를 거니는 것을 본 적도 있다. 한 폭의 잔잔한 수묵화를 감상하는 마음에 또 일억 사천만 년 전의 해와 달이 떠올랐다. 젊은이의 나란한 걸음에서 원앙새를 떠올리곤 했다. 늪 가장자리에 가시연꽃이 피고 원앙새가 날개를 펼

치는 그림이 떠오르는 현상도 자연스러운 일이다.

일억 사천만 년 전은 우포늪의 것만은 아니다. 우포늪에 서면 세상이 모두 우포늪이다. 가시연에 발을 담근다. 그때였다. 무슨 약속처럼 무지개가 늪 위에 걸린다. 일억 사천만 년 전이 무지개를 타고 오는 느낌이 든다.

우우. 늪이 갑자기 우는 소리를 한다.

무엇이 떠오르는 듯

　무엇이 가슴팍을 지그시 눌러 대는 느낌이 든다. 나는 반듯하게 잠자리에 누워 있다. 누워서 이런저런 생각을 한다. 이런저런 생각의 무게가 나를 누르고 있을 것 같다.

　눈에 보이지 않는 커다란 손바닥에 가슴속의 가슴이 짓눌리고 있다는 느낌은 또 어디서 오는지 궁금하다. 왼쪽으로 오른쪽으로 자세를 바꾸어 돌아눕는다. 그랬더니 눌러 대는 무엇이 오른쪽 옆구리에 달라붙는다. 왼쪽 옆구리에도 끈질기게 달라붙는다.

　일어나 앉아 본다. 이번에는 정수리와 어깻죽지를 지그시 눌러대는 무엇이 있는 것 같다. 어제도 그 전에도 비슷한 증상은 있었지 싶다. 무슨 통증이 있는 것은 물론 아니다. 눌러 대는 무게는 무엇인가를 골똘히 생각하는 그 무엇인 것 같다. 생각에도 무게가 있다는 말을 은근히 깨닫는다. 길바닥에서 돌돌 굴러가던 비닐봉지가 떠오른다. 그것은 검은 고양이 같았다. 이런 때는 고양이 울음소리 같은 것이 들리는 환청에 찬다.

　잡다한 생각에서 자유롭지 못한 나는 자유롭지 못한 것을 스스로 짊어진다고 할까. 나무를 보면 나무에, 비닐봉지를 보면 비닐봉지를 짊어진다. 어쩌다 맨드라미꽃이 눈에 들어오고 가을도 아닌데 들국화에 시선을 두기도 한다. 달리는 자동차는 시속 100킬로쯤 되는 속도를 자랑삼는 것 같다. 이 신도시의 도로는 왕복 육차선이거나 팔차선 구조다. 신호등만 띄엄띄엄 없다면 경주용 자동차가 달리기 안성맞춤이겠다. 달리는 차량은 속도를 자랑한다. 자랑할 것이 없는 나는 찻길에 우두커니 선 채로 달리는 차량의 굉음이나 듣는다.

반듯하게 누워 있을 때 가슴을 눌러 대던 것이 어렴풋이 잡힐 것 같다. 그것은 자동차 소리거나 가로수가 흔들리는 몸짓이었을 것이다. 고층 건물을 짓느라고 동원된 거대한 고공 크레인이다. 크레인을 따라 허공 속으로 새 건물이 꾸역꾸역 솟아오르고 있다.

침대에 누워서 내가 하는 생각이란 지극히 단순하다. 고층 건물에 뚫린 창문이나 층수를 하나하나 헤아리다가 놓쳐버리기도 한다. 고층 건물 안에서 업무를 보는 사람들의 표정 같은 것이 희화戱畵처럼 떠오르기도 한다. 공상이나 다름없는 상상력에서 벗어나고자 침대에서 벌떡 일어선다. 비능률적이며 비효율적인 생각부스러기 아니던가. 하기야 언제 능률이 있고 효율이 있는 무엇을 한 적이 있는가. 없다.

하릴없이 하는 생각이지만 때로는 무엇에 딱 꽂히는 경우도 없지는 않다. 이런 때는 허무맹랑한 노릇만이 아니라며 자위한다. 이런저런 생각의 꼬투리를 물고 있으면 그 꼬투리에 감자 씨알처럼 주렁주렁 걸려드는 것이 또 있다. 이런 때 나는 바다에 그물을 치는 어부를 생각한다. 언제가 등산길에서 만난 거미를 생각한다. 거미란 놈은 꾀가 고단수다. 잠자리가 지나가는 길목에 그물을 치고 잠자리든 매미든 걸리기를 기다리는 인내심이 여간 아니다.

나는 글의 소재가 될 무엇을 기다린다. 이런저런 생각을 하고 있으면 가슴팍이 묵직한 어떤 증상을 느낀다. 머리에 어깨에도 느낀다. 아직 생짜배기나 다름없는 느낌이란 것을 뜸 들일 궁리를 한다. 나는 이것을 숙성이란 말에 빗대기도 한다. 어느 식당 주인은 육류에 그 나름의 비법인 양념을 먹여 얼마만큼의 시간 동안 숙성시킨다는 말을 했다. 고기가 갖는 특유한 맛을 찾아내고자 하는 요리사의 지혜다. 글쓰기든 요리든 그 나름의 비법에서 보다 개성 있는 글맛 요리 맛이 우러나올 것은 틀림없다.

어떤 소재가 떠오를 때 이를 놓칠 수는 없다. 나는 그것을 머릿속으로 굴리다가 가슴으로 보내어 데운다. 숙성시키는 것이다. 어느정도 뜸이 든 다음 다시 머리로 끌어올린다. 이런 작업이 머리와 가슴 등 따로따로 진행되는 것은 물론 아니다. 합동 작업을 하는 것이다. 이것은 머리의 몫, 이것은 가슴의 몫이라는 등으로 나눈다면 소재는 지리멸렬하게 풀어지고 말 것이다. 이렇게 쓰고 있는데 갑자기 핸드폰이 까꿍하는 소리를 한다. 겨울 감기 조심하라는 지인의 당부다.

독감이 유행한다는 계절이다. 독감이란 것을 만화로 나타낸 그림을 본 적이 있다. 바늘 같은 뾰족뾰족한 것을 수십 개나 머리에 꽂은 험상궂은 도깨비 그림이었다. 그것이 날카로운 창을 들고 서 있었다.

무엇이 떠오르는 듯 사라진다. 나는 또 재채기를 한다. 감기 조심하라던 지인의 문자 메세지는 아직 핸드폰 속에 있다.

횡포가 나를 키운다

유병근 유고 수필집

3
part

까마귀

이쪽 나무에서 까마귀가 깍깍 운다. 그 소리를 받아 까악까악 우는 소리는 저쪽 나무에서 들린다. 깍깍 소리는 성질이 좀 급한 것 같다. 그 소리를 받아 까악까악 우는 소리는 느긋하게 살자는 쪽으로 들린다.

산을 타는 걸음걸이에도 열나게 걷는 걸음과 느긋하게 걷는 걸음이 있다. 그런 생각을 하고 있으니 때로는 깍깍, 또 때로는 까악까악 걸음이다. 울음소리만이 아니다. 햇빛 속에도 깍깍이나 까악까악 같은 소리의 변조가 있을 것 같다. 여름 햇빛을 가령 깍깍이라면 가을 햇빛은 까악까악이다.

여름은 지나치게 뜨거워서 말썽이다. 가을은 여름 동안에 달구어진 열기를 식히느라 막새바람이 느긋하다. 지나치게 추워서 탈이라는 겨울도 있다. 뜨겁지도 춥지도 않는 계절을 기다리는데 가을이 성큼 손을 든다. 한쪽으로 지나치게 치우치지 말라는 충고를 하는 가을이다. 나는 산길을 걷는다. 깍깍 걷다가 까악까악 걷기도 한다.

당연한 말이지만 까마귀 울음 속에도 계절이 있다. 깍깍은 후닥닥 뛰는 여름 무더위와 겨울 찬바람을 건너가는 소리다. 반면 까악

까악은 느긋하다. 봄날의 나른함과 가을의 충만을 우는 소리 같기만 하다. 듣기에 따라서는 또 음침한 소리로 들을 수 있는 것이 까마귀 울음소리다. 계절에 따라서, 정서의 흐름에 따라서 달라지는 소리의 변조를 감지하는 것은 어떤 점 인간만의 청각 기능인지도 모른다.

지금 산을 타는 중이다. 산에서 듣는 것은 까마귀 울음소리만은 아니다. 바람 소리가 있고 열매가 툭 떨어지는 소리도 있다. 귀를 좀 기울이면 풀벌레 우는 소리가 찌리찌리 귀를 간질인다. 바람에 서걱대는 나뭇잎은 지난여름을 지내느라 고단했던지 어느새 누르스름한 얼굴을 하고 있다. 아주 오래전에 좀 힘든 병을 앓았던 시절의 얼굴색이 저랬을 것이다. 이런저런 부질없는 생각을 까마귀가 깍깍 맞장구를 치는지도 모른다.

산을 타는 사람은 나 혼자만은 아니다. 저만치 조금 높은 능선을 걷는 이들이 삼사 명씩 칠팔 명씩 무리를 지어 걷고 있다. 그들의 행색이 가을빛과 어울려 산이 걷고 있는 듯 울긋불긋하다. 그런데 나 혼자 밋밋하다. 그들 행색과 어울리지 못하고 외따로 느릿느릿 걷고 있다. 내 걸음걸이에서 까악까악하는 울음소리가 울리는지도 모른다. 나는 까마귀다.

집안에 죽치고 있기가 무엇해서 산을 탄다. 무슨 또 다른 단풍이라도 혹 만날 수 있을까 해서 산을 탄다. 산을 타는 이유가 궁할 때는 이렇게 일부러레 빌미를 만들고 생각하는데 그게 오래 가지는 못한다. 조석변이라는 말이 나에게 딱 어울린다는 생각은 틀림없을 것이다. 그런 점 나는 동가식서가숙東家食西家宿이나 다름없는 궁색한 생각의 오리무중을 즐긴다고 하겠다. 좀 신중하고 느긋하지 못하고 금방 이랬다저랬다 하는 처지는 옹색하다. 틀렸다. 어느 한 가지에도 그럴싸한 길이며 생각이 없으니 옹색하다.

스스로 틀려먹은 성달궂이다. 어쩔 수 없다는 듯 나는 나를 타이른다. 그런 생각을 하며 산을 탄다. 건강이니 뭐니 하는 생활 체육 같은 말은 내 경우 사치에 지나지 않는다. 건강을 위해서라면 걸음에 보다 더 힘을 주었을 것이다. 사색을 위한 산책이라면 주위를 보다 더 깊이 보고 생각하는 느긋한 걸음이었을 것이다. 그러니까 지금 이것도 저것도 아닌 산타기에 나선 것이다. 이것도 삶이다. 이렇게 말하고 조금 전에 들던 까마귀 울음이나 생각하기로 한다. 그런 점을 보아도 나는 깍깍 울다가 까악까악 우는 까마귀다.

어디서 무슨 기척이 들리는 느낌이 든다. 산이 심심하여 잘 익은 열매를 툭 떨어트리는 것 같다. 아람을 떨어트리는 소리 같다. 도토리를 떨어트리는 소리 같기도 하다. 까마귀는 조금 전에 울었다고 더는 울지 않는다. 울지 않는 소리 쪽으로 소리를 찾아 걷는다. 길이 혹 어긋날까봐 사방을 살피며 걷는다.

억새풀이 비스듬히 기울어진 길가에 하얀 산국이 딱 한 송이 억새풀 발치에 등을 기대고 있다. 시시껄렁한 내 생각에 마침표를 찍으라고 하는 것 같다. 그래 맞다. 그게 아니라면 여러 송이의 산국이 늘어진 산문처럼 피어 있었을 것이다.

깍깍이든 까악까악이든 슬금슬금 내리막길 쪽으로 걸음을 옮긴다.

모른다는 쪽지

가만있느니 염불한다는 말이 떠오른다. 염불은 기도하는 일인데 나 또한 염불을 가볍게 여긴 것 같다. 염불은 부처님에게로 닿는 일이다. 글쓰기는 내 마음의 밑바닥에 닿는 일이다. 그 밑바닥이란 것이 어디에 어떻게 죽치고 있는지 모르면서 밑바닥이란 말을 한다.

옆자리에 앉은 노인의 하품은 길다. 그 옆자리의 노인도 손바닥 틈새로 커다란 하품을 맞나게 한다. 그 옆자리의 노인이 하품을 받아 좀 짧은 기지개를 켠다. 노인에게는 졸리는 날과 졸리지 않는 날이 따로 없다. 하품하는 노인의 하품이 그 맞은편 노인에게로 옮아간다. 글의 방향을 하품으로 하나 어쩌나 하다가 생각을 바꾼다. 하품을 소재로 삼을 경우 나도 모르게 하품을 하다가 하품 같은 글이나 끼적이는 꼴이 될 것이다. 그건 마음에 차지 않는 졸음을 부르는 게으른 노릇이다.

지금 무엇을 쓰고자 이 문장을 하품처럼 질질 끌어가고 있는지 좀 따분하다. 조금 전에 본 하늘의 구름은 천태만상이나 다름없다. 잿빛 구름 가까이로 흰 구름 덩어리가 몰려가는 기상이더니 어느새 잿빛 구름을 지나 또 다른 흰 구름 덩이의 형태가 되어 잿빛 구름을 타고 슬그머니 이동한다. 구름은 하품을 하는지 하지 않는지 알 수 없다.

나도 모르는 어떤 구름이 내 심중에 근심 덩어리처럼 깔려 있지 싶다. 구름이 어디 날아가지 못하게 꼭꼭 묶은 근심이란 것이 구름의 문장을 붙잡고 있을 것만 같다. 말할 나위도 없이 얄팍한 것으로 뭉친 도배질 같은 구름이다. 그 사정을 알 것 같으면서도 알 길이 실은 막연하다. 살고 있는 집을 중심으로 반경 1킬로미터 정도 안에서만 꾸물거리고 있으니 세상의 깊은 곳, 넓은 곳을 알 턱이 없다.

문밖 여기저기 위험이 도사리고 있는 세상이다. 어느 노인이 젊은이의 주먹질에 피투성이가 된 적이 있다. 그 소식을 매스컴을 통해서 들었다. 지하철 구내에서 담배를 피우는 젊은이에게 한마디 주의를 준 것이 화근이었다. 그래서인지 요즘은 오불관吾不關의 세상이 되고 말았다. 쉰내를 풍기는 어른의 훈계를 듣는 것 또한 젊은이에게는 못마땅하다. 네가 뭔데 그러느냐는 주먹질이 날아들 것은 불문가지다. 그나마 이건 약과다. 먼 어느 나라에서는 걸핏하면 총질이 난무하는 총소리의 세상이다.

끔찍한 사건 사고를 쓰고 있는 지금 소름이 끼친다. 이건 수필이라는 장르의 참모습이 아닌데 하는 생각이 든다. 수필은 난과 같고 학과 같다고 피천득 수필가는 일찍이 갈파한 적이 있다. 온화하고 감싸는 맛이 있어야 수필이라고 믿는다. 그런데 나는 살벌한 세상일을 들추면서 이 글의 내용을 채우려 한다. 내 속에 혹 살벌한 무기가 들어 있을까. 만약 그렇다면 누가 어떻다고 함부로 말할 수도 없는 끔찍한 노릇이다. 너 자신을 알라고 누가 말했는데 나는 나를 모른다.

삶이 어떻고 하는 문제는 너무 무거워 버겁다. 나는 도덕주의자는 물론 공자 가라사대 맹자 가라사대를 말하고자 하지 않는다. 좀 가볍고 마음 편하게 쓰고 읽으면서 살아야겠다. 하긴 내 처지에 무겁고 가볍고 편하기를 따질 엄두를 낸다는 것 자체가 웃기는 천방지축이다. 가볍게 살면서 가볍게 생각하는 것이 실은 무엇인지 깊이 모른다. 삶의 지혜라는 말이 있을 것인데 그걸 미처 알지 못한다. 그럼에도 나는 수시로 잘난 척 수필이 가벼우니 무거우니 하면서 아무 대책도 없이 떠벌린다. 이 글에서도 어느 마디에서는 심각하고 어느 마디에서는 잘난 척하는 구석이 여기저기 드러날 것이다. 부끄럽고 돼먹지 않는 모양새다. 나를 감춘다고 감추어질 것은 물론 아니다. 솔직하기로 한다.

수필은 진솔한 마음의 산책이라고 했다. 거기 빗대어 나만의 산책을 생각하기로 한다. 진솔한 생각의 깊이를 끌어내기로 한다. 그걸 내 생각의 빛깔로 깎아 사포로 문질러 생각의 바탕을 끌어내는 작업에 열중하기로 한다.

지금 해가 지고 있는지 모른다. 종일 구름 속에서 얼굴을 내밀지 못하고 기어이 저녁 어스름 속으로 가고 있는지 모른다. 세상의 뒤란에서 수필을 쓰다가 사라진 수필가도 있다. 수필가만이 아니다. 입에 거품을 물고 애국 애족을 단골처럼 외치던 어떤 정치인도 물거품처럼 사라졌다. 그런데 내가 쓰고자 한 내용이 어떤 것인지 정작 아득하게 모른다. 모르기 때문에 모르는 대로 허겁지겁 쓴다. 알아서 어쩌겠나 하는 생각이 들지만 그래도 조금은 알고자 한다. 길 가다가 중도 보고 소도 본다는 말이 왜 그런지 이 문장 속에 끼어든다.

덧없는 일이다. 왜 그럴까. 나는 지금 나를 모른다. 모른다는 어설픈 쪽지를 이 글의 꽁무니에 부적처럼 달까도 싶다.

저울

1

나무는 가지를 뻗어 날아가는 새, 날아가는 바람, 날아가는 구름을 쉬어가라고 한다. 의자가 된 나뭇가지와 찻집이 된 나뭇가지 옆구리에서 찻물 따르는 물소리가 졸졸 들리는 느낌을 받는다. 녹차 같은, 솔잎차 같은 찻상을 내려놓고 새를 기다리고 있을 법하다.

나무 등걸에 기대어 멀리서 날아오는 새를 본다. 바람과 구름이 뒤따라온다. 사방으로 가지를 뻗은 나무는 나무만이 아니다. 새를 위한 쉼터다. 새는 그 쉼터에 앉아 어디서 잡아 온 벌레를 먹는다. 혼자는 심심한 듯 무슨 소리를 내어 또래를 불러 모은다. 나뭇가지는 새들이 모여 뭔가를 재재거리는 수다 떠는 장소가 된다.

어떤 나무에는 까치집 위에 또 다른 까치집이 보인다. 참새집도 있다. 새도 나뭇가지에 둥지를 틀면서 어느 방향으로 지어야 햇볕이 잘 들어오고 바람을 덜 타는 등 여러 궁리를 할 것이다.

나무를 보다가 미처 가지 하나도 뻗지 못한 나를 생각한다. 사람들의 입에 오를 수 있는 글귀 하나도 건지지 못하고 문학을 하니 어쩌니 하고 떠벌리는 일은 염치머리 없고 부끄러운 노릇이다. 영양

소라고는 없는 내 문학의 가지는 미처 뻗어 나가기도 전에 잎이 마르고 뒤틀려 안으로 자꾸 오물어 드는 균형이 깨진 저울이다.

더 자상하게 나무를 보기로 한다. 오래된 이야기지만 한때는 나뭇가지가 사방으로 뻗어 나간 것을 두고 그 가지 하나하나는 동서남북을 가리키는 방향 지시기거나 안테나 같은 거라는 생각을 했었다. 생각이 변하는지 시각이 변하는지 지금은 새며 구름이며 바람이 쉬어갈 수 있게 뻗은 것이 나뭇가지라는 그다지 실속도 없는 생각을 늘어놓는다. 이렇게라도 생각하지 않으면 무슨 탈이라도 나는 듯 마음이 팍팍해진다.

이런 노릇을 상상력의 변화라는 말로 미화시키면서 내 생각이 그럴싸하다고 스스로 어쭙잖은 판단을 한다. 누가 그럴 것이라고 고개를 끄떡여주는 것은 물론 아니다. 그러니 나 혼자 장구 치고 북 치며 노는 꼴이다. 어떤 대상이든 그 대상을 파헤치자면 방향이 좀 다른 곳을 파헤쳐야겠다는 셈을 한다. 정공법으로 판단하지 않아야 새로운 무엇이 나올 것이란 혼자만의 주먹구구를 갖고 논다. 심란해진다. 새롭다는 것은 남들이 미처 헤아리지 못한 것을 찾아낸다는 뜻이겠는데 나는 그 새로움을 여태 찾아내지 못하고 우물거린 셈이다. 그러니 나는 남의 뒤꽁무니나 쫄쫄 따라 마당쇠 노릇을 하는 허풍수 아닌가.

수색대 같은 선도적인 역할이 있어야 했다. 그것은 일종의 모험이다. 위험을 마다하지 아니하고 낯선 곳을 찾아 꿰뚫어 보자는 용감성이 요구된다. 그런데 나는 용기가 없다. 언젠가 등산길에서 만난 낭떠러지에서도 그랬다. 앞서 가는 사람을 미처 따라가지 못하고 낭떠러지 둘레를 빙빙 돌면서 겁먹은 심장과 함께 후들후들 다리를 떨었다.

　나무 발치에 진달래꽃이 망울을 터뜨리고 있다. 꽃이 또 무슨 이야기가를 하는 것 같다. 나는 그 꽃의 소리를 듣지 못하고 온다.

　2

　어스름을 적시며 비가 온다. 비는 멍청하게 어스름을 보는 나를 적신다. 멍청하다는 것은 머릿속이 텅 비어 버린 상태다. 이런 상태로 나는 비 오는 창밖에 눈을 주고 있다.

　비는 하늘이 땅바닥에 못질을 하는 작업이다. 이 비슷한 구절을 어디서 읽은 것 같고 읽은 적이 없는 것 같기도 하다. 이러니 멍청하다는 말을 할 수 밖에 없다. 무엇을 정리 정돈하는 일에 서툰 나는 어디 귀한 구절이 있어도 그걸 그냥 지나치고 만다. 나중에 그걸 깨닫고 어디서 읽었나 하면서 책갈피를 뒤지는데 귀한 구절은 귀한 사람처럼 좀처럼 모습을 드러내지 않는다.

　사람의 이름 경우에도 이런 경험은 부지기수다. 사람의 이름을 잘 기억하고 있어야 출세한다는 말도 들었는데 내 경우 출세하기는 아주 글렀다. 한창 팔팔할 때도 출세에 대해서 생각해 본 적은 손톱 끝만큼도 없다. 작품다운 작품이나 쓰면 그만이지 그 작품으로 얼굴을 내밀어보겠다는 생각을 해 본 적도 없다. 작품다운 작품을 하지 못하는 어설픈 처지의 말 바꾸기라고 핀잔을 준다면 그렇다 치기로 한다. 어찌 욕심이 없을까 보냐. 입에 오르내릴 수 있는 작품이나 하나 건졌으면 하는 생각을 욕심이라고 한다면 그 또한 그렇다 치자.

가까이 지내던 사람의 이름이 가물가물할 때는 좀 난처했다. 우연이라도 그 사람을 만날 경우 얼굴은 익었는데 이름이 갑자기 떠오르지 않아 속으로 머리를 굴린다. 어떤 사람은 그런 상태를 무관심이라고 한다. 실은 이름이 떠오르지 않았을 뿐 무관심은 전혀 아니다. 이름이 떠오르지 않아 곤혹스러웠던 일은 한두 번이 아니다.

김 아무개, 박 아무개, 신 아무개, 정 아무개 등 입 안으로 성씨를 굴려보아도 권 씨 다음에 올 이름은 오리무중이다. 아, 그의 성 씨에는 받침이 있었나 없었나. 그렇다면 조 아무개, 이 아무개, 구 아무개 등 입 0속으로 부지런히 찾아보는데 이름은 뭐가 그리 감출 것이 많은지 자꾸 꼬리를 뒤로 빼는 것 같다. 알고 보면 그가 감추는 것이 아니라 내 멍청한 두뇌가 기억력을 잃어버리고 엉뚱한 성명을 들추며 우왕좌왕하는 것 아닌가. 어쩔 수 없지만 이름을 굳이 떠올리지 않기로 한다. 모르면 모르는 대로 엉거주춤한 시선으로 그를 보는 거다. 똑똑한 것만이 좋은 처신은 아닐 것이라고 자위하기로 한다.

어제 쓴 몇 구절은 버려야겠다는 자발없는 생각을 한다. 그런데 어제 무슨 구절을 어떻게 썼는지 먹먹하다. 모르면서 무엇을 버린다는 것이냐. 모른다는 것을 버려야 한다고 생각할 때도 있다. 그러면 아는 것이 무엇이냐 하는 반문이 툭 튀어나온다. 답답하기로 말하자면 초 일류급이다. 아, 나는 일류와 놀고 있다. 이런 싱거운 생각도 어디 쓸모가 있는지. 지금 나는 확실히 싱겁고 멍청하다. 하기에 중구난방이 될 것이란 다소 지리멸렬한 생각도 한다. 아는 사람의 이름을 까먹고 서글픈 나는 혹 내 이름을 까먹지 않을까 내 이름을 입 속으로 중얼거린다.

이름을 잊는다는 것은 상대에 대한 결례다. 결례를 감추느라 나는 이름을 기억하고 있다는 식의 행동을 한다. 이런 때 만약 상대가 이름을 대어보라고 한다면 크게 당황해할 것이다. 그런 낌새를 아는지 상대는 다행스럽게도 그런 말을 하지 않는다.

세상살이란 것은 서로가 서로를 배려하면서 사는 처지 아닌가. 만약 혼자만 잘난 척한다면 균형이라는 저울은 깨지고 말 것이다. 서로는 서로를 아끼고 생각하는 저울이다.

3

할아버지는 돌팔이나 다름없는 한약사 노릇을 하고 계셨다. 의료 시설이라고는 전혀 찾아볼 수 없는 시골에서 찾아오는 손님들에게 한약 봉지를 싸주고 침을 놓기도 하셨다.

할아버지가 남기신 『방약합편方藥合編』은 심심할 때 들여다보는 한의서다. 창출은 어떻고 시호는 무엇이라는 등 얄팍한 지식을 얻는다. 한약을 다는 저울 또한 할아버지의 유물로 소중하게 보관하고 있다.

할아버지의 저울에 나를 얹어본다. 할아버지가 보시기에 나는 몇 량 몇 돈 몇 푼쯤 되는 존재일까. 세상에 가지 한 줄기 올바르게 뻗치지 못한 나를 생각하는 날은 할아버지의 기대에 미치지 못하여 죄송할 따름이다.

아버지의 아버지이신 할아버지, 어머니의 시어머니셨던 할머니가 그리운 날은 할아버지께서 남기신 저울을 들어본다.

오목한 호수

누구는 호수에서 침묵을 보고 적막의 소리를 들었다고 한다. 그가 말하는 호수에 갈 형편이 되지 못하는 나는 마음속에 호수 하나를 띄우기로 한다.

그랬더니 어디서 내려온 산이 내 마음의 호수에 물구나무서기를 하고 있다. 오리인지 황새인지 알 수 없는 새가 하얀 점이 되어 물에 떠 있다. 점이 움직인다. 점이 날아오른다. 이렇게 일방적으로 생각하는 기쁨도 있다. 그것은 침묵이 빚는 기쁨이겠다. 혹은 적막이라는 것이 호수에 내려앉아 쉬고 있을지도 모른다.

세상을 어떻게 보고 생각하느냐에 따라 침묵도 기쁨, 적막도 기쁨으로 일렁이는 물결이 된다. 지금 쓰는 이 문장이란 것도 침묵과 적막으로 가는 기쁨이었으면 하고 일방적인 생각을 한다. 호수만이 아니다. 황금빛으로 물든 은행나무를 보고 감탄한 적이 있다. 황금, 은행과 같은 언어 감각 속에 들어 있는 눈부신 알갱이를 들추는 것만으로도 마음이 넉넉해지는 느낌을 받는다. 나 혼자 이러니저러니 하는 말놀이이기는 하다. 하지만 세상을 좀 푸지게 보는 맛에 끌리는 일도 그다지 어처구니없는 노릇은 아니지 싶다.

기뻐하는 마음에 복이 있다는 말을 믿어야겠다. 아니 믿기로 한다. 슬픈 표정보다 기쁜 표정이 사람을 편안하게 한다. 그런데 정작 나는 기뻐하고 있는지 슬퍼하고 있는지 표정이 아무래도 수상하다. 언젠가 아내가 타일렀다. 표정을 좀 편안하게 하라는 것이다. 그러고 보니 표정 관리에 서툰 것 같다. 표정 관리도 훈련이 필요하다면 더 다부진 표정 관리 훈련을 받아야 한다.

거울을 보고 표정 관리 연습을 하는데 찌그러진 얼굴이 더 찌그러진다. 어색하고 민망스럽다. 생겨 먹은 그대로 사는 것이 훨씬 나다운 표정일 것 같다. 표정 관리를 한답시고 거울 앞에 서는 것이 어색한 노릇이다. 아니 징그러운 노릇이라고 해야겠다. 언젠가 지하철 안에서다. 옆자리에 앉은 젊은 부인이 젖먹이를 안고 있기에 그 아이에게 싱긋 웃는 표정을 보냈더니 아이는 얼굴을 반대편으로 싹 돌려버렸다. 거울 앞에서 표정 관리 연습을 하던 내가 떠오르는 것도 그때였다.

내 얼굴이 어떻게 생겨 먹었는지 안쓰럽고 딱하다. 편안한 곳이라곤 없는 얼굴은 아무래도 미덥지 못하다. 얼굴을 찾는 일에 투자해야겠다. 사업가는커녕 길거리 붕어빵 장사도 할 줄 모르면서 투자라니 웃기는 천방지축이다. 소견머리하곤 죽었다 깨어나도 없는 처지에 괜히 떠벌리는 소리가 밉상이다. 그렇다. 나를 미워하기로 한다. 밉다는 말을 반어법으로 쓰기도 하겠지만 내 경우 그럴 처지는 전혀 아니다. 반어 쓰고 역설 쓰고 어쩌고 할 여유가 있다면 차라리 느긋하겠다.

호수에서 침묵을 보고 적막의 소리를 들을 줄 아는 그가 부럽다.

그의 삶이 갖는 중심을 배우고 싶다. 그런데 나는 내 글에서조차 미처 중심을 잡지 못하고 때로는 허우적거린다. 중심은 말할 나위도 없이 글의 핵심이다. 침묵을 보고 적막을 들을 줄 아는 감각과 감성을 익혀야겠다. 그런데 지금 텅 빈 소갈머리다. 빈 것의 아름다움이라는 말과는 전혀 다른 의미를 왜 모르겠느냐.

중심을 잃고 흔들린 적이 있다. 오래전이다. 그때 나는 어떤 처절한 상실감으로 좌충우돌 상태였지 싶다. 아무것도 보이는 것이 없고 들리는 것이 없는 따분한 나날이었다. 그런 상황이 만약 오래 지속된다면 어김없이 폐인이나 다름없는 무엇으로 따돌리는 존재로 추락했을 것이다. 절망으로 인한 흔들림은 그때만은 아니다. 상황은 다르지만 지금도 여전히 흔들리고 있다. 바람이 불지 않아도 흔들리고 흔들린다. 흔들림 속에서 내 존재는 유효한지 모른다. 따지고 보면 유효가 무엇인지조차 모른다. 분명하게 나타나는 답이 없어서 모른다. 이것이 답이니라 하고 선뜻 나타나는 것이 없다.

어쩌다 삶이 싱겁다. 짜증이 난다. 그건 정신 건강에도 그다지 도움이 되지 않는다는 말을 수없이 듣고 있다. 싱거움과 짜증을 비워야겠다. 그런데 무엇이 나를 싱겁게 했으며 짜증 나게 했는지는 따지고 들면 전혀 모른다. 그런데 알 것 같다. 그 밑바닥에는 허욕이라는 것이 깔려 있었을 것만 같다. 그런데 어쩌다 허욕꾸러기인지. 떠오르는 것이 있기는 하다. 작품을 부지런히 써보자는 것이 그것이라면 어떨까 싶다. 허욕은 노욕이라는 말이 되어 메아리처럼 되돌아오기도 한다. 두뇌 건강을 위한 나만의 글쓰기가 전혀 엉뚱하게 불똥이 튀고 있다는 생각이 든다. 어쨌든 신중해야겠다. 글쓰기란 것이 허욕과 연관되는 것 같고 되지 않는 것 같기도 하다. 노욕인 듯하고 그렇지 않은 것 같기도 하다. 이렇든 저렇든 마음에 단단한 못을 쳐야겠다. 허욕이든 노욕이든 하던 대로 줄곧 밀고 나가자고.

깊은 산 중턱에서 오목한 호수를 만난 적도 있다. 그때 침묵과 적막이 협주하는 은은한 소리를 들은 듯하다. 그것은 호수 바닥에 혹 잠겨 있을 거문고 같은 것이 울리는 소리였는지도 모른다. 산속의 오목한 호수에서 거문고 소리를 듣다니 뜻밖이긴 하다. 그것은 내 귀로 듣는 환청이래도 좋았다.

어찌 정확한 소리만이 소리라고 하겠느냐. '아무나'를 '어머나'로 들을 수도 있지 않는가. 오독한 글귀가 차라리 의미 깊을 수도 있지 않는가. 그르친 일이 옳은 일이 되어 환성을 지르던 때도 있다.

오목한 호수는 커다란 거문고였다.

쓰라린 밥

예술은 고독을 먹고 자란다고 한다. 예술의 밥이 되는 고독을 생각하는데 이거다 하고 입맛에 닿을 젓가락질은 좀처럼 떠오르지 않는다.

예술의 밥인 고독을 누가 묻는다면 뭐라고 할까. 딱 부러지게 말할 수 있는 레시피는 생각처럼 쉽지 않을 것 같다. 어쩔 수 없이 사전을 뒤진다.

고독 = ① 부모 없는 어린아이와 자식 없는 늙은이
② 홀지고 외로움

(『우리말 큰사전』 삼성출판사)

그런데 사전이 말하는 고독은 그다지 마음에 닿지 않는다. 만약 사전대로의 의미라면 고독은 두부모처럼 반듯하고 맛이 없다. 법조문이나 그다지 다름없는 것이 예술과 연관된다면 예술 또한 단순성에 묶인 것일 수밖에 없다. 그런데 예술은 생각보다 훨씬 더 깊고 복잡하고 아릿한 맛을 갖는다. 단순한 선인가 하면 엉클어진 가닥이다. 찰랑거리는 물살인가 하면 그 속에 우묵한 침묵의 덩어리가 들어 있다. 침묵 하나하나마다 갖는 천 갈래 만 갈래의 깊이가 은근한 숨결처럼 들어 있다.

고독을 말로써 풀어낼 수 있다면 고독은 아마 별것도 아닌 싱거운 무엇이겠다. 고독은 고독 그대로 놓아주기로 한다. 그런데 고독이라고 말하는 사이 어느새 무슨 쓸쓸함에 잠기는 느낌이 든다. 미처 말할 수 없는 쓸쓸한 느낌이 고독 아니겠는가. 고독은 내 안에 있는데 나는 그것을 사전이나 아주 먼 어디서 찾으려고 한 것 같다.

문제는 나에게 있다. 고독이 무엇인지 모르기 때문에 고독하면서 정작 고독을 이해하지 못한다. 고독이 가까이 있어도 그것을 이해하는 준비가 되어있지 못한 나는 고독을 아는 듯 전혀 모른다. 아니 알아도 모르는 어처구니다. 왜 그럴까. 아마 고독하지 않으려 헛기침을 한 것이 탈인 것 같다. 헛기침을 하면 고독이라는 얄궂은 무엇이 저만치 달아날 것이라고 생각한 것이 잘못인 것 같다. 헛기침을 참아야 한다. 예술은 고독을 먹고 자란다는데 예술이란 걸 느끼기 위해서라면 목에 치밀어 오르는 헛기침을 물리쳐야 한다. 고독이 어디서 어떻게 와서 밥상에 올라앉는지 지켜보아야겠다.

어떤 형태로든 고독을 새겨 고독과 함께하는 과정이라도 살피는 것이 좋을 것 같다. 그래 무엇인가를 말해야겠다. 고독을 고독이라고 말하면 이 또한 볼품없는 싱거운 말놀이가 되겠다. 아무래도 어렵다. 고독을 그런 식으로 말할 처지는 아닌 성싶다. 깊이며 의미를 알고 모르고를 따질 일은 아니다. 버릇처럼 고독하다고 말하는 새침데기인지도 모른다.

고독은 소리가 없고 형태가 없고 형태가 없으니 만질 수도 없다. 냄새도 없다. 그러니까 없는 것이 고독이라고 말해본다. 없는 것이 마음을 서운케 하고 아프게 한다. 지금 나는 쓰린 것에 짓눌린 빈 무엇이다. 쓰린 것은 쓰린 힘이다. 그 힘에 끌리는 나는 지금 이 문장을 쓴다. 문장은 어떤 형태를 갖는다. 지금 나는 그 형태 속에서 고독이라는 형태와 놀고 있다. 누가 시키지도 않는 말을 혼자 하고 있다. 그러고 보니 고독은 나름 어떤 쓰린 감성과 색깔을 갖는다는 느낌이 든다.

고공 크레인 끝에 매달린 바람을 본 적이 있다. 외줄 타기 놀이를 하는 아슬아슬한 광대를 본 적이 있다. 겨울 한낮의 담장 아래에서 폴폴 날아가는 흙먼지를 본 적이 있다. 바람에 떨고 있는 한밤의 문풍지 소리에 잠이 깬 적이 있다. 삶이란 무엇인가를 생각하는 날 크레인 끝에 매달린 바람을 본다. 외줄을 타는 광대를 본다. 돌담 아래 폴폴 날아가는 먼지와 겨울 한밤의 문풍지 떠는 소리를 보고 듣는다. 깊은 골목 끝에서 가늘게 떨리는 울음소리를 들은 적도 있다. 그 바람 소리와 울음소리는 어쩌면 고독이라는 것과 서로 맥이 닿는 듯하다. 그러고 보면 형태가 있고 소리가 있는 것이 고독이다. 형태가 있음으로 냄새가 있고 형태가 있음으로 소리가 있다.

예술은 미처 깨닫지 못한 것을 깨닫고 미처 알 수 없는 것을 알 수 있게 하는 작업이라고 한다. 그것은 고독과 서로 맥이 통하는 것 같다. 희로애락과 같은 것이 고독을 중심으로 서로 엉키고 설켜 있는 것이 예술의 바탕인지도 모른다.

이 글을 쓰고 있는 지금 왠지 고독하다는 느낌을 받는다. 고독이

나를 먹어 드는지 모른다. 지금 나는 고독에 먹히는 쓰라린 밥이다. 기왕이면 달콤한 밥이었으면 싶다. 아니 내가 먹는 고독이었으면 싶다.

어디서 전화가 온다. 내 상차림이 시원치 못하다고 울리는 소리일 것도 같다.

그렇게 사는 거다

텅 빈 방 안은 빈 깡통 속 같다. 빈 깡통 같은 방 안은 물론 아니다. 우선 나는 컴퓨터 모니터 앞에 앉아 있다. 화면은 내 생각을 받아먹고 있다. 화면은 생각을 먹는 위장 같다.

방 한쪽을 책장이 차지하고 있다. 여러 권의 책 가운데 아직 읽어보지도 못한 책도 꽂혀 있다. 두고두고 읽어야 할 책은 손이 가장 잘 닿는 자리에 꽂혀 있다. 책꽂이를 가리키며 저 책을 다 읽었느냐고 묻던 지인이 있다. 나는 아무 대답도 하지 않았다. 묻던 그의 마음을 헤아려 그냥 싱긋이 웃음을 보여주었다. 웃음을 어떻게 이해하든 신경 쓸 일은 아니었다.

책장 맨 위 칸에는 백과사전이나 다름없는 묵직한 전집류가 꽂혀 있다. 그 책들은 아래 칸에 꽂힌 책에 비하면 부피가 나가고 위압스럽다는 생각을 하는 때가 있다. 벼슬이 높은 사람은 벼슬이 낮은 사람 위에서 이러니저러니 하는 갑질을 내가 흉내 낸 것 같아 아래 칸에 있는 책에게 미안하기도 하다. 이따금 무게 있는 책을 뽑아든다. 적막에 대해서 누가 무슨 말을 하는가를 찾아보기도 한다. 개똥지빠귀가 어떻게 생겼는지 괜히 찾아본다.

지금 나는 조금 전에 떠오른 생각을 요리조리 꿰매고 있다. 며칠 전부터 나를 은근히 수렁에 몰아넣던 생각이 조금 전에 다시 도져 쓰고 있을 뿐이다. 생각의 유로에서 떠오른 자연스러운 마음의 움직임으로 된 것이 수필이라고 했다. 그렇다면 이 글이 수필이 될 가능성도 있기는 하다. 그렇든 말든 우선 써놓고 보자는 생각으로 쓰고 있다. 생각의 유로라는 말에 박수를 치고 싶다. 혹은 그 언급이 걸림돌이 될지도 모른다. 박수든 걸림돌이든 이 글과는 그다지 관계없을 것이라며 편하게 쓰고 있다.

조금 전은 누가 무슨 말을 해도 조금 전이다. 몇 시 몇 분이라는 등 굳이 숫자 개념이 있는 시간을 댈 일은 아니다. 정확성을 말하는 사람은 한 시간 전이냐 삼십 분 전이냐를 따질지도 모른다. 숫자 관념을 그다지 머리에 두지 않는 나는 그런 생각에 쫓기면서 글을 쓸 엄두는 내지 않는다. 뒤통수를 얻어 맞는 경우도 있기는 하다. 언젠가 원고 청탁 전화를 받았을 때다. 사흘 안으로 원고 열두 장짜리를 급히 부탁한다는 내용이었다.

그런 날도 지나고 지금 이 문장을 쓰고 있다. 수필이란 것을 염두에 두지 않는 글이기 때문에 무엇이 될지도 모르는 문장을 밑도 끝도 없이 쓰고 있다. 지금이라는 시간을 누가 굳이 궁금해한다면 아침 다섯 시 십 분이라고 딱 꼬집어 말할 수 있다. 그러나 이렇게 말한다는 것은 그다지 의미가 없다. 조금 뒤 여섯 시라는 시간이 온다. 오늘 하루가 서서히 온다. 오늘 하루의 뚜껑이 열리고 있다. 바깥은 아직 어두컴컴하다. 고개를 더 들었더니 앞산 이마가 그 형태를 슬그머니 드러내고 있다. 산기슭의 나무는 아직 어둠을 이불처

럼 뒤집어쓰고 있다. 나무에게는 어둠이 이불인 것 같다. 나무만이
아니다. 시간의 이불 또한 어둠이라는 생각을 한다. 한 해의 마지막
달인 십이월이 막 이불을 걷어내고 있다. 하루가 열리고 십이월이
열리고 열림을 소재로 삼은 글 한 편 쓸까도 싶다.

　이 글을 만약 쓰지 않았더라면 십이월인지 시월인지 전혀 짐작하
지 못했을 것이다. 돌아보니 지난 시월이 지나가는 마지막 밤에는
무슨 노래인가를 새삼스레 들은 것 같다. 곡목은 분명하지 않지만
시월의 마지막 밤이라는 내용이었던 것 같다. 마지막 밤은 그보다
앞선 구월도 있었고 십이월이 시작되기 전의 십일월의 마지막 밤도
있었다. 그런데 하필이면 시월의 마지막 밤이라면서 노래하던 가수
를 생각한다. 이 글과는 그다지 관계없는 넋두리다. 그러니까 관계
없는 넋두리를 지금 쓰고 있다. 관계없다고 하는 나는 개인주의자
같다. 개인주의자는 자유롭다. 그러나 늘품 없는 외톨이다.

　인간은 사회적 동물이라는 글귀를 읽은 적이 있다. 인간이란 어
떤 존재인가를 생각하던 오래전의 일이다. 공동생활을 하는 인간은
서로에게 유형무형의 도움이 되고 도움을 받으면서 사는 존재라고
읽은 것 같다. 하기 때문에 사회/국가의 발전과 향상에 도움이 될
수 있다는 취지의 내용이었지 싶다. 굳이 그 내용이 아니더라도 인
간은 공동/협동이라는 점에서 발전과 향상을 꾀하는 존재임은 사실
이다. 지금 쓰는 이 문장의 구성이란 것도 주어는 어떻고 서술어는
어떻고 등 사회생활이나 그다지 다름없는 구조임을 깨닫는다. 이
문장과 저 문장의 어울림으로 이루어지는 무엇이라고 말하고 싶다.
하지만 그런 개념을 앞세워 쓰는 글은 물론 아니다. 생각이 떠오르

면 오르는 대로 쓴다. 쓰지 않으면 생각도 어디론가 깊이 잠길 것이다. 그런 점 나는 글의 우물을 파고 있는 목마른 노동자다.

지금 나는 혼자 이 글을 쓰고 있다. 공동 작업이 아닌 개인 작업이다. 만약 이어달리기 경주 같은 글이라면 누가 말꼬리를 이어서 쓰는 등 릴레이 글쓰기가 될 것이다. 하지만 철저하게 혼자 쓰고 혼자 절망하고 혼자 잘난 척 고민에 빠져 허우적거리고 있다.

날이 환하게 밝아오는 기척이 있다. 글 한 편 썼다고 혼잣말을 하고 있다. 그렇게 사는 거라고 누가 묻든 말든 말하고 싶다.

시간의 변두리에서

지금 키보드 자모를 치고 있다. 글을 쓰는 것은 키보드에 걸린 자모의 조합으로 구성된 문장을 다듬는 손칼국수 요리 같은 손작업이다.

모니터 화면에 뜨는 짧은 문장과 긴 문장은 짧은 시간과 긴 시간의 구성이다. 짧은 문장은 숨을 쉴 틈도 없이 꽁지에 마침표를 단다. 하지만 긴 문장은 숨 한두 번 쉰 다음에야 마침표를 다는 느긋한 여유를 부린다. 눈에 보이지 않는 시간이 숨쉬기에 걸려 있다고 말하고 싶다. 숭덩숭덩 칼국수 써는 소리를 한다고 말하고 싶다. 손으로 만질 수도 없는 시간이 칼국수로 탈바꿈하여 눈에 보인다는 생각을 나름대로 또 한다.

시간을 보다 더 맛나게 보고 조리한다는 생각으로 밀가루 요리 과정을 순서도 없이 끌어온다. 밀가루 포대를 커다란 함지박에 쏟아낸다. 밀가루가 풀풀 날아오른다. 물을 부어 날아오르는 밀가루를 잠재운다. 아직 입맛을 다실 단계는 물론 아니다. 물을 머금은 밀가루는 다음 순서를 기다리는 여유를 즐기는 듯 잠잠하다.

날아오르는 밀가루는 날아오르는 날갯짓이다. 밀가루에 날개가 있다니 실없는 말이기는 하다. 날아오르는 것은 물론 새다. 날아오르는 구름, 날아오르는 나뭇잎, 날아오르는 비행기도 있다. 날아오르듯 공중회전을 하는 운동선수도 있지 않은가. 얼마큼 높이 날아오르느냐, 어디만큼 날아올라 떠 있느냐는 그다지 관심거리가 아니다. 날아오르는 동안의 시간이 얼마큼 되느냐에 관심을 둔다. 밀가루 속에는 날아오르는 시간이 있다.

지금 살고 있는 곳에서 그다지 멀지 않은 거리에 있는 물금역이 하필 떠오른다. 물금勿禁. 금하지 말라고 했으니 지나가는 모든 기차를 환영하며 일단 정차하기를 바라는 역일 것이다. 그런데 몸에 파란 하늘색을 입힌 늘씬한 기차는 물금역 같은 건 눈에 보이지도 않는다는 듯 미안하다는 기색도 없이 빠져나간다. 그 날렵한 몸짓이 제비를 닮았다. 잠깐 사이지만 지나가는 순간은 조용하고 쓸쓸한 시간이라는 생각마저 든다. 그 쓸쓸함은 물금역의 시간이겠다. 제비처럼 스쳐간 기차가 남긴 쓸쓸함이란 여운과 쓸쓸함이란 시간을 생각한다.

빨리 달리는 기차는 솜씨 좋은 칼질에 썰려 나오는 매끈한 칼국수 가닥을 닮았다. 칼국수를 썰 일이 없는 나는 낙동강 기슭을 돌아 천천히 달리는 기차를 탄다. 오후 한 시라고 여기고 있는데 강기슭과 산기슭을 돌고 돌아 달려도 여전히 한 시라는 짐작에 다시 시간을 본다. 그래서인지 한 시는 한시閑時다. 느긋한 생각을 하면서 여유 있게 흐르는 낙동강에 눈을 판다. 낙동강이라는 시간이 잔잔하게 떠 있는 느낌에 찬다. 느릿느릿 흐르는 물살은 강의 시간을 알리는 긴 바늘 짧은 바늘 같다. 그 바늘을 쓰다듬듯이 바람이 살랑거리

는 몸짓으로 지나간다. 느림의 아름다움이란 말이 부표처럼 강물에
떠 있는 환상에 잠긴다.

이렇게 보고 있으니 시간은 눈에 보이는 것, 손으로 만질 수 있는
것, 귀로 들을 수 있는 것, 냄새 맡을 수 있는 것이란 생각에 끌린
다. 시간만의 경우는 물론 아니다. 방금 나무를 흔들고 가는 바람을
본다. 바람은 매스 게임 놀이를 하는 유치원생들 같다. 야들야들한
꽃망울이 활짝 터지고 그 속에서 파르르 날갯짓 같은 것이 나오는
기척이 있다. 인형을 방불케 하는 귀여운 아이가 춤추듯 사뿐사뿐
걸어 나온다. 나무를 흔드는 바람 속에서 아이를 보는 눈은 즐겁다.
그네타기 놀이를 즐기던 아이들이란 생각을 거듭 한다. 나뭇가지를
흔들던 아이들의 즐거움이 나무에 걸려 종알대고 있다. 그런 느낌
으로 바람을 보고 나무를 보는 것도 시간을 새롭게 보고 듣는 길이
될 것이란 어쭙잖은 생각에 때로는 들뜬다.

대상을 만약 피상적으로 보고 생각한다면 기차는 그냥 지나가는
물체에 지나지 않는다. 바람 또한 길바닥을 쓸고 가는 먼지나 폴폴
날리는 회오리일 뿐이다. 그런데 달리는 기차는 시간 틈새로 달린
다. 바람은 아이들이다. 그래서인지 나는 강에서 시간을 보고 바람
속에서 매스 게임을 하는 아이들을 상상력 속에 보는 기쁨에 찬다.
터무니없이 잘못 짚은 생각이라고 누가 돌아서더라도 내 상상력에
뜨는 즐거운 생각은 변하지 않을 것이다. 그것은 내 나름대로 보고
느낀 것이기 때문이다. 너는 왜 나 아니냐고 따질 일도 아니다. 개
성이라는 의미에서도 그렇다. 누가 가령 돌 속에 시간이 있다고 하
면 나는 그 시간을 생각할 것이다. 돌은 시간이라며 덩달아 맞장구

를 칠 수도 있을 것이다.

지금 치고 있는 키보드는 내 손가락의 움직임을 잘 따라준다. 손가락은 또 생각의 움직임을 잘 따라준다. 시간의 이런저런 움직임이 글자로 문장으로 나타나는 결과물을 본다. 그러면 되는 것이다. 무엇이 어떻게 되는 것인지는 마지막 마침표를 찍어보아야 안다. 마지막 마침표는 내 시간을 잠그는 자물쇠다. 나는 아직 잠그지 않는다. 아니 잠글 일은 전혀 아니다. 열린 세상이란 말은 듣기에 편안하다. 그런데 어느 구석의 세상은 열린 상태만은 아닌 것 같다. 사람을 편안하게 잘 살게 한다는 정치판이란 것도 어떤 자리는 관계자 외 일체 출입 금지라는 팻말이 붙어 있다. 눈을 부라리고 사방을 살피는 엄중한 감시자도 세워둔다.

시간이 눈에 보인다고 말한 내 글에 출입 금지라는 팻말을 달지 않는다. 숭덩숭덩 칼국수 써는 소리를 단다. 가까이 와서 맛이나마 보라고 광고를 하고 싶다. 그런데 누가 스쳐 갔는지 어쨌는지 무슨 댓글이 달려 있다는 희미한 느낌이 든다.

― 이 멍청아, 칼국수나 먹고 정신 차려라.

덩달아 그 댓글에 나도 희미한 댓글을 달고 싶다. 내 이름은 이멍청 아니라고.

빈집 골목

창밖에 서 있는 나무는 가지를 가늘게 흔들고 있다. 이제 막 물이 오르기 시작한 가지를 바람이 오며 가며 쓰다듬어 주는 것 같다.

달리 볼 것이 없는 눈에 그거나마 볼 수 있다는 것에 아쉬운 위안을 받는다. 실은 볼 것이 없는 것은 아니다. 책상 주변에는 여기저기 책이 흩어져 있다. 좀 정리를 하고 살았으면 하는데 금세 또 어질러진다는 것을 알고 있다. 뭔가 잘못된 순서이지만 어질러져 있어야 마음이 편하다. 읽고 싶은 책을 찾을 경우 이 책을 뒤집고 저 책을 뒤집는 등 부산을 떠는 재미를 좋아한다면 이상하겠지만.

나뭇가지는 여전히 어질러진 책처럼 흔들리고 있다. 바람이 나뭇가지 주위에서 떠나지 않고 나무를 살피는 것 같다. 나는 그 바람을 보기로 한다. 눈으로 볼 수 없는 바람이지만 나뭇가지가 기우는 방향을 따라 바람이 어떻게 나뭇가지를 중심으로 가고 오고 있다는 것을 어렴풋이 알 수 있다.

볼 것이 없어 글을 쓰지 못한다는 말은 핑계에 지나지 않는다는 생각이 든다. 쓸 것이 없으면 쓸 것이 없다는 것을 쓰면 어떻겠느냐 하는 충고를 나 스스로에게 한다. 그래 이번에는 흔들리는 나뭇가지와 나뭇가지를 흔드는 바람을 보고 있다고 쓰기로 한다.

이런저런 빚을 지고 그 빚을 갚을 힘으로 사는 세상이라고 나는 쓴다. 장사하는 사람은 오는 손님에게 빚을 지고 산다. 농부는 논밭에게, 정치인은 국민에게 빚을 지고 있다. 역설적이지만 빚은 사람을 보다 활기차게 하는 밑천이 된다. 어느 사업가는 빚이 재산이라고 했다. 빚을 갚고자 사업에 더욱 머리를 쓰는 형편이라고 했다. 빚이 떨어지면 사업에 활력을 잃는다고도 했다. 빚이 무서워 하다 못해 수도요금 전기요금 하나라도 납부기일을 어길까 봐 전전긍긍하는 소시민으로서는 도저히 납득 하기 어려운 선문답 같은 채무관 債務觀이다.

사업할 배포라곤 눈을 씻고 보아도 없는 나는 바람에 흔들리는 창밖의 나무나 우두커니 보고 있다. 빈 나뭇가지는 비어 있어서 바람이 잘 통한다. 비어 있지 않으면 바람은 나무를 비켜갈 것이다. 빈 그대로 무엇을 탐하지 않는 나무. 그래서는 아니겠지만 잎을 훌훌 털어버린 나뭇가지는 미세한 내면을 보여주는 아름다움이 있다.

빈 상자만이 아니다. 때로는 머리조차 텅 빈다. 무엇을 쓰고자 하는데 어떻게 써야하는지 감이 잡히지 않는 경우 나는 잎을 다 떨군 나무를 보기로 한다. 그런데 지금은 빈 상자처럼 머릿속이 텅 비었다. 비어 있다는 느낌은 그나마 허전하다. 써야 할 무엇이 머릿속에 들어 있을 때는 절로 마음이 즐거워 메모지에 낙서하듯 뼈대를 추린다.

빈 것은 아름답다고 하는 말을 흔히 듣는다. 아름답고자 텅 빈 머릿속이 되었을까. 하지만 무엇을 담아야 한다. 아무것도 들어오지 못하게 뚜껑을 꽉 처닫은 상자 속 같은 답답한 머리를 활짝 열어야 한다. 잡다한 무엇이 머릿속을 차지하기 전에 텅 빈 머릿속에 일망무제의 사막이나 빈 하늘을 주섬주섬 담아 채워야겠다. 사막이나 하늘은 차 있는 듯 빈 것으로 가득 차 있는 상태 아닌가.

텅 빈 머리를 쥐어짜느라 머리에 쥐가 난다는 말을 들은 적이 있다. 쥐를 잡아먹는 것이 있다. 고양이다. 머리에 고양이를 길러보면 어떻겠느냐고 아무 요령도 없는 싱거운 훈수를 둔 적도 있다. 쥐와 고양이가 동거하는 머리는 활력이 생길 것이다. 잡히지 않으려 쥐는 재빨리 달아날 것이다. 쥐를 잡으려 고양이는 뒤쫓을 것이다. 쥐와 고양이가 사활을 거는 머릿속이라야 활력이 생길 것이다. 세계는 어느 곳이나 사활을 거는 천적으로 득실거리는 판도 아닌가.

무엇을 써야 하는 나는 고양이에게 잡히지 않으려 쥐구멍을 여기저기 파는 열성을 보여야겠다. 쥐구멍에 뜻밖의 허점이 있지 않을까. 쥐를 잡은 고양이가 쥐를 놀리느라 공중으로 붕 띄우던 여유를 글의 행간에 끼워야겠다는 생각도 한다. 어느새 나는 글의 소재를 잡고 그 소재를 갖고 노는 능청스런 고양이다.

어느 빈집 앞에서 발을 멈춘 적이 있다. 마루 밑바닥이며 부엌 안에서 느닷없이 쥐가 튀어나올 듯 어두컴컴한 집이었다. 마루에 쭈그리고 앉은 길고양이는 탐조등 같은 눈을 굴리며 쥐가 드나드는 길을 살피는 듯했다. 떠나버린 주인 행세를 하는 빈집의 쥐며 고양이가 텅 빈 머리를 차지하고 있을까.

텅 빈 머릿속이 답답한 날은 그 빈집이 있던 골목을 생각으로나마 거닌다.

에 또

조례시간에 듣는 교장 선생님 말씀은 지루했다. 무슨 내용이라는 것은 우선 접어두고 길고 지루했다는 생각만이 있을 뿐이다. 초등학교 전교생이 운동장에 모여 듣는 훈시다.

여름은 무더워서 지루했고 겨울은 추위에 떨며 들어야 했다. 말씀을 듣는 도중 운동장 바닥에 주저앉는 또래도 간혹 있었다. 훈시라는 성격의 말씀이니까 내용은 거의 뻔했다. 착한 사람, 이웃과 사회에 도움을 줄 수 있는 훌륭한 사람이 되어야 한다는 등, 때로는 구체적으로 어떤 인물을 들추어 그 사람처럼 되어야 한다는 이야기도 있었다. 운동장에 휴지가 떨어져 있으면 주워 쓰레기통에 집어넣어야 한다고도 했다. 그때는 그랬다. 훈시를 들으면서 자란 나는 착한 사람도 되지 못했다. 어떤 소년이 몰고 가는 소가 제 혼자 껑충껑충 달아나는 것을 보느라 말씀은 귀에 들어오지 않았기 때문일 것이다.

훌륭한 사람이 된 또래도 물론 있다. 지방의 무슨 위원인가 하는 자리에 당선되어 금뺏지 같은 것을 달고 다니는 것을 본 적도 있다. 사업 수단이 좋아 많은 돈을 벌어 냇고랑에 콘크리트 다리를 놓아

준 고마운 또래도 있다. 재간이라곤 아무것도 없는 나는 서툰 수필이나 끼적거리는 늙은이로 소일하고 있지만. 그렇다고 교장 선생님의 훈시나 잘 듣고 따랐으면 팔자가 좀 피었을 것이라고 생각하지는 않는다.

그런데 그때의 말씀을 가끔 떠올리는 때가 있다. 착한 사람이 되지 못하고 정의감이 있는 사람이 되지 못해서가 아니다. 넓은 운동장 가운데서 겨울 바람소리를 들으면서 들어야 했던 그 열중쉬어 시절이 어쩌다 떠오르기 때문이다. 떠오른다고 다 그리운 것은 물론 아니다. 싫증 나고 지루했던 시절의 이야기도 한 가닥 추억이 된다고 말하고 싶다.

교장 선생님의 입에서 나오던 이런저런 말씀의 높낮이라든가 형태라든가 하는 것이 새삼 궁금한 날이 있다. 눈발이 내릴 듯 구름이 낮게 깔려 있어서가 아니다. 동쪽에서 불어오던 바람이 갑자기 방향을 바꿔 서쪽 바람이 되어서도 아니다. 그때의 교장 선생님 얼굴이 희미하게 떠오르고 있어서도 아니다. 착한 사람의 기준이 어떤 것인지가 애매할 때 나는 교장 선생님의 말씀을 느닷없이 떠올린다. 이웃과 사회에 도움을 줄 수 있는 사람이 되지 못한 처지에 난감한 생각을 할 때 처진 어깨로 길을 가면서 느닷없이 떠올린다. 조례 때마다 긴 말씀으로 어린 시절을 일깨워주신 교장 선생님이 참으로 훌륭하시다는 생각이 들 때 어쭙잖은 글줄이나 쓰고 있는 처지가 부끄럽다.

교장 선생님의 훈시는 날씨가 덥건 춥건 길었다. 그쯤이면 그만하겠지 하는 생각을 하는데 에 또 하고 숨 한 번 쉬고는 다음 말로 이어진다. 그래서인지 글쓰기를 하는 나 또한 생각이 끊어지면 에 또를 속으로 뇌면서 다음 구절을 이어간다. 이런 때는 에 또가 그지 없이 고맙다. 그런데 열중쉬어 자세에 몸이 수없이 뒤틀렸다. 이제 그만 끝나겠지 하는데 다시 에 또다. 눈치라고는 전혀 없는 자리가 교장 선생님이란 생각이 들기도 했다. 엿가래처럼 길어 보이던 말씀은 물론 귀에 들어오지도 않았다. 학생들을 직접 가르칠 시간이 없는 교장 선생님은 조례를 수업시간으로 여긴 듯했다.

훈시 내용은 거의 비슷했다. 부모에게 효도하라는 내용은 거의 빠트리지 않는 단골 말씀이었다. 그밖에 나라의 위기를 구한 무슨 무슨 장군의 이름이 오르내렸다. 그런 말씀을 하실 때마다 교장 선생님의 표정은 좀 엄숙해 보였다. 긴장감 같은 것도 떠올랐다. 애국이니 도덕이니 하는 말은 교장 선생님만의 고정된 훈시 내용이나 다름없었다.

교장 선생님은 진지한 모습인데 정작 말씀을 듣는 학생은 이야기에 지친 진저리를 치거나 발끝으로 땅바닥에 동그라미를 그리는 등 낙서를 하기도 했다. 그런데 또 에 또라고 말을 이을 적에는 누군가는 에 또 한 번, 에 또 두 번, 에 또 세 번째라며 에 또를 세기도 했다.

글이 잘 풀리지 않을 때 나는 교장 선생님의 에 또를 입속으로 들추어낸다. 그러고 보니 에 또는 내 경우 문단과 문단 사이를 이어주는 든든한 징검다리다.

에 또.

누가 지루해하건 말건 나는 다음 문단을 이어나갈 궁리를 한다.

떡볶이 꼬치

밖에서 점심을 먹은 날은 뭘 먹었느냐고 아내가 묻는다. 나는 머리를 굴리며 낮에 먹은 것을 찾아내려고 애쓰는데 얼른 나오지 않는다. 된장찌개 냄비우동 돼지국밥 추어탕 복국 생선구이 자장면 등을 떠올려보는데 이거다 하고 딱 나서는 답이 없다.

아내가 묻는 말에도 이유는 있다. 밖에서 국수를 먹었다고 하면 저녁을 지어야겠네 하면서 서둘러 저녁 준비를 한다. 그러나 상추 쌈밥 등을 먹었다고 할 경우는 과일 접시가 저녁 밥상을 대신한다. 하루 세 끼니를 꼬박꼬박 챙기는 것이 아내에게 고민이며 고역이다. 덩달아 나 역시 하루 두 끼니 쪽으로 식성을 단련시키느라 과일 접시를 비우면서 만족인지 불만족인지 얄궂은 트림을 한다.

불과 몇 시간 전에 먹은 점심이 퍼뜩 기억나지 않는다니 이 또한 기억력 상실증이나 다름없는 병이다. 갑 을 병의 병이라면 그나마 위안은 될 것이다. 초등학생 때 선생님이 내 숙제 공책에 그려주시던 동그라미는 달랑 하나이거나 그것도 아니면 세모꼴이었을 것이다. 세모꼴이 더욱 납작하게 진화되어 공책 위쪽에서 아래쪽으로 쭉 내리그은 한 줄짜리 빨간 선이었을 것이다. 그걸 받아 들고 나는 동그라미 세 개를 꿈꾸고 있었는지도 모른다.

　그거 아니고도 어리둥절한 일은 또 있다. 질병이란 것이 의학의 발달에 뒤질새라 진화하는 기세라고 한다. 디지털 시대의 컴퓨터 바이러스 또한 짓궂은 질병이다. 그것이 하필이면 두뇌 회전 속도에 브레이크를 거는 것이라고 손목의 맥을 짚듯 자가 진단을 한다. 그러면 나도 모르게 으쓱해지는 것이 뜻밖이지만 또 있다. 컴퓨터라는 문명의 이기를 애용하는 처지니까 그런 바이러스 질병과 더불어 사는 것이라고 깜박깜박하는 내 두뇌 회전을 두둔한다. 디지털 시대는 디지털의 질병과 놀고 다투지 않겠는가. 거기 덩달아 네안데르탈인의 유전자가 뼛속에 뿌리박혀 지울 수 없는 멍 투성이가 되었으리라는 어렴풋한 짐작에 때로는 잠긴다. 가령 돼지갈비를 뜯을 때였다. 불에 구운 고기를 입가에 묻는 검정을 마다하지 않고 원시인처럼 우적우적 물고 뜯지 않았던가.

　네안데르탈 시대를 방불케 하는 장면은 이런 거 말고도 부지기수다. 활을 만드느라 대나무를 찍어 실을 칭칭 감아 시위를 걸었다. 쑥을 돌멩이로 탕탕 찧어 쑥물을 만들었다. 이런 걸 원시 생활의 유전 아니겠느냐고 은근히 들추고 만다. 그러나 과학의 발달 진화는 수공을 대신하여 기계를 애용한다. 인간이 원하는 편리함 속도감 쾌적함 그리고 대량화란 것을 기계가 달달 찍어낸다. 문명사회는 또 다른 편리를 찾아 앉아서 천 리, 서서 만 리를 보고 듣는 신속 정확성을 누린다. 디지털 시대의 지구인은 현대 문명을 누리는 한 가족이라는 말이 허튼소리는 결코 아닌 것 같다.

　아내의 물음에 얼른 대답할 수 있는 칩chip을 하나 몸속에 달까도 싶다. 스위치만 켜면 금방 대답이 튀어나올 수 있는. 그런데 문제는 또 있다. 내 존재는 칩의 지시에 따라 이리 움직이고 저리 움직이는 피동형 인간이 된다. 나라고 하는 실체 앞에 칩이 있다. 칩에 떠밀린 나는 뒷방 신세가 된다. 내가 가져야 할 실권을 칩에게 빼앗긴 나는 눈에 뜨일 듯 말 듯 얇은 칩이 되어 호주머니 속 어디서 뒹굴고 있을 것이다. 너는 누구냐고 누가 묻는다면 호주머니 속의 나를 찾느라 부산을 떨지도 모른다. 로봇이 인간의 지능을 초월한다는 말은 이래서 더 고개를 갸웃거리게 한다.

무엇을 먹었는지도 얼른 대답이 나오지 않는 끼니가 슬프다. 이런 상태를 행복한 슬픔이라고 억지로나마 고쳐 말하고 싶다. 순간 그건 행복 아니라는 소리가 내 안에서 터지는 충동질을 받는다. 슬픔이면 슬픔이지 행복한 슬픔은 또 뭐냐고. 그러면 나는 변명이나 다름없는 말을 또 늘어놓으려 한다. 슬픔의 파장이든 행복의 파장이든 그것은 마음에서 어쩌다 동시에 일어나는 공명/공진 상태 아니겠느냐고.

서점을 지나다가 『오늘은 무엇을 먹지』라는 요리책을 본 적이 있다. 그날 나는 서점 앞의 노점상에서 좀 매콤한 떡볶이 꼬지를 먹었다. 이번만은 아내에게 확실하고 재빨리 말할 수 있는 것이 있다.

– 떡볶이 꼬치.

횡포가 나를 키운다

유병근 유고 수필집

낡은 신발

1

어디 슬슬 나가볼까. 검은 구름이 조금씩 비켜나간다. 비는 더 이상 오지 않을 것이다. 집 안에 갇혀 있던 생각이 하나둘 밖으로 나가는 느낌이 든다.

신발을 발에 꿰기는 했으나 어디로 간다는 방향이 딱 잡힌 것은 물론 아니다. 기껏 아파트 주변이나 슬슬 돌다가 돌아올 것은 뻔하다. 내 행동이란 것은 늘 엉거주춤하다. 그 엉거주춤을 은근히 즐기며 산다고 말해야겠다. 즐길 일이라는 것이 그다지 없으니 그런 거나마 즐기는 어처구니없는 노릇이라면 민망한 짓이다. 하지만 그런 것이 오히려 편하다고 최면이라도 거는 듯 나에게 타이르기도 한다. 이건 다분히 주입식이나 다름없는 억지행복론 비슷하지만.

행복에도 이런저런 가닥이 있지 않겠는가. 재물이 많아 행복하고, 권세가 좋아 행복하고, 인기가 좋아 행복하다는 등 다양하다. 그러나 어느 행복도 내 경우 들어맞는 것이라곤 없다. 그래 없다는 것 또한 행복 아니겠나. 달리 내세울 것이 없을 때는 빈 것의 충만감도 행복지수가 될 수 있을 것이라며 떠벌려 본다. 이런 것 또한 나를 구원하는 행복론이다. 구원이 어디 따로 있고 멀리 있는 것 또한 아니지 않는가. 단순하게 생각하기로 한다. 이러니저러니 복잡하게 생각할 때는 그 실마리를 찾아내느라 공연히 머리를 쓴다. 구름이 씻어간 하늘의 여백은 얼마나 깊고 아늑한 공간이던가. 그 여백을 즐길 수 있는 여유를 갖고 싶다. 비로소 마음이 열리는 어떤 감흥을 덩달아 받는다.

달리 갈 곳이 없다는 것 또한 행복리스트에 끼우고 싶다. 주변머리라고는 전혀 없는 노릇이지만 행복이라는 말에 슬그머니 동그라미를 친다.

2

승강기는 정직하다. 정원을 초과할 경우는 '만원' 표시를 달고 움직이지 않는다. 만원 상태로는 갈 수 없다고 정확하게 말을 한다. 적당히 어쩌고저쩌고 하는 농간을 부리지 않는 승강기다.

매일 승강기를 이용하던 어느 층의 사람이 한동안 보이지 않는다. 여행이라도 갔으려나, 그런데 쑤군거리는 소문이 귀에 닿는다. 무슨 이권 개입으로 일이 터져 재판을 받는 중이라고 한다. 승강기가 꼼짝도 하지 않은 적이 있다. 정원을 지켜야할 사람이 정원을 제대로 지키지 않는다. 억지로 닫힘 버튼을 누른다. 무슨 권력이라도 가진 것처럼 한 번 눌러도 될 버튼을 두 번 세 번 누른다. 이러고도 승강기 모범 이용자라도 되는 척 행동한다.

조금 전에 재활용 쓰레기를 버리고 왔다. 승강기는 나를 십팔층

에서 일층으로, 일층에서 십팔층으로 운반해 주었다. 달힘 버튼에
손을 대지는 않았다.

3

창밖에서 까치가 한 마리 고개를 갸웃거린다.

어제보다 조금 더 가까이 있다.

어제 쓴 문장을 다시 짚어보라고 말하는 까치 울음소리를 손바닥
에 올려본다.

손금을 읽는 울음소리에 어제 쓴 문장 몇 줄을 짚어본다.

산다화가 빨갛게 까치 울음소리를 새기고 있다.

4

지하철을 타는데 뜻밖에도 물에 대한 생각이 떠오른다. 물은 생
명체를 살리는 약이다. 지난여름 가뭄에 시달린 논바닥은 사막이나
다름없어 보였다.

조금 전에 머리에 떠오른 물은 지하철 안의 어수선한 분위기에 끌
려 어느 틈이라고 할 수도 없이 사라진다. 사라진 이미지는 좀체 돌
아오지 않는다는 것을 나는 안다. 맞은편 자리에 앉은 여인의 표정
이 퉁퉁 부어 있다. 그녀도 물을 생각하고 있었는지 모른다. 못마땅
한 일이라도 있었을까. 아니 본래 퉁퉁 부은 표정인지도 모른다. 물
이미지를 놓쳤을 때의 내 표정이 맞은편 자리의 여인과 흡사한 꼴

이었을지도 모른다.

시선을 딴 곳으로 옮기거나 눈을 감기로 한다. 감은 눈 속으로 사라진 물의 씨앗이 혹 싹눈을 틔우며 돌아올지도 모른다. 그런 일이 아니더라도 눈을 감는 것이 어쩌면 편한 자세일지도 모른다. 이런저런 생각에서 해방될 수도 있을 것이니 그렇다. 아니 감은 눈 속으로 눈을 자극하는 어떤 호수가 떠오를지도 모른다.

내 눈에 파도 소리가 있고 내 눈에 바람 소리가 날개를 접는다. 아쉬우나마 떠났던 물이 돌아오는 물소리를 비로소 듣는 느낌에 찬다. 돌아온 탕자 같은 물일 것이다. 나는 어렴풋이나마 물의 등을 쓰다듬는다.

— 고맙다.

5

몸집이 점점 커지는 눈사람을 골목에 세워두고 눈과 코 그리고 덥수룩한 수염을 단다. 세상 이야기를 들어보자고 귀를 단다.

존재하는 것은 눈사람처럼 사라진다. 평생을 함께 하리라고 믿었던 사람도 사라진다. 언제 어디서 어쩌다 사라졌는지 그걸 찾으려 글을 써야겠다는 생각을 한다. 시인은 찾는 자라고 했다. 랭보는 견자見者라고 했다. 보는 자 또한 찾는 자다. 시인은 시인視人이라고 하지 않는가.

쓰러진 나무, 망가진 가지, 잎이 다 떨어진 추위를 본다. 나무만의 문제는 아니다. 나무 저편의 진통을 귀담아 듣고 읽어야겠다. 쓰러진 나무속에는 쓰러진 통증이 있을 것이다. 통증의 고달픔에 귀를 기울인다. 무엇인가를 써야겠다. 귀를 기울인다고 쓸까. 어제 쓴 것은 어제 것이고 오늘은 오늘을 써야겠다. 그런데 오늘은 무엇인가. 멀리 둘러볼 생각은 하지 않는다. 그런 점 나는 초점이 흐린 근시안이다.

쓰러진 나무는 시 속에 있고 수필 속에도 있다. 그것은 쓰러지고 쓰러져가는 아쉬운 역사다. 시는 역사 이전과 이후의 세계를 넘나들지만 수필은 역사 이후의 한정된 세계에서 부대낀다. 수필이 역사 이후라는 것은 피할 수 없는 수필의 태생이며 그 체질이다. 수필의 체질을 인위적으로 고치려 보톡스를 맞힐 경우 수필은 수필 아닌 다른 풍선이 된다. 얼굴의 무엇을 가리고자 보톡스를 맞은 얼굴은 문학성이란 변명으로 허구를 들이대는 풍선효과와 같다. 허구는 수필 문학의 몫은 아니다. 그럼에도 허구를 적당히 들어댈 경우 수필의 문학성을 살린다고 한다. 하지만 나를 속이고 남을 속이는 행위를 수필은 용납하지 않는다.

그런데 집 안 청소를 할 때만은 적당이라는 말이 부지런히 입에 발린다. 그걸 아내는 못마땅해 한다. 내 집 청소이기 망정이지 만약 다른 집에서 그런 대강대강을 내비친다면 영락없이 퇴짜감이라는 것을 안다.

기적소리 슬피 우는 대전발 영시 오십분을 생각한다. 좀 묘하다.

6

지금 쓰는 이 구절은 다시 쓰지 않는다. 지키지 못할 약속을 어제 하고 또 한다. 혼자만의 실없는 약속이지만 약속은 나를 좀 더 성실하라고 타이른다.

지금 하는 이 말은 다시 하지 않는다. 지키지 못할 혼자 하는 다짐이지만 다짐은 나를 살아 있게 한다. 나에게 하는 나만의 다짐이라고 가볍게 여길 수는 없다. 그걸 지키고자 지금 또 이 구절을 쓰는데 아무래도 어제 쓴 구절이나 그다지 다를 바 없다.

때로는 좀 어긋나 보자고 약속을 은근히 모른 척한다. 지금 쓰는 이 구절은 전에도 습관처럼 써먹었다. 지금 하는 이 말은 지금 하는 말만은 물론 아니다. 나는 나에게 약속을 하고 그 약속을 예사로 까먹는다. 그런 나를 용서하는 것은 식은 죽 먹기다. 잘못 든 버릇이다. 지금 나는 나에게 무척 관대하다. 늘품이라곤 전혀 없는 생각이지만 나는 내 생각의 올가미에 걸려 오히려 희희낙락하는 못난이다.

옆자리의 중년 남자는 어디론가 전화를 한다. 등갈비 돼지머리 앞다리라는 말이 귀에 닿는다. 식육점 영업을 하는 것 같다. 날이 시퍼런 칼날로 등갈비를 짜개고 돼지머리를 손질하는 장면이 시뻘건 핏덩어리와 함께 눈에 떠오른다.

돼지갈비 요리를 뜯은 적이 있다. 그때 나는 원시인이 따로 없다는 생각을 했다. 문명의 혜택으로 맛나게 요리된 갈비를 포크로 누르고 나이프로 자르는 등 식감에 대하여 이런저런 너스레를 떨기도 했다. 문명인은 문명 시대의 야만인이다. 스테이크 요리는 피가 살짝 보이는 듯해야 맛이 부드럽다고 뭘 잘 알지도 못하면서 아는 척한다.

허울 속의 나를 벗겨야겠다. 혹 허울이 벗겨질까 봐 조심조심 쓰다듬고 있는 나를 보는 건 민망스럽다.

7

쓰러진 나무에서 새싹이 돋아나는 것을 보았을 때 나무의 생명의지 같은 걸 생각하고 있었다. 나무는 살아남고자 땅에 기댄 옆구리에서 파란 잎을 틔웠다. 꺾인 옆구리에서 터진 줄기로 땅 냄새를 길어 그 줄기를 뿌리로 삼은 나무였다. 이가 아니면 잇몸, 팔이 아니면 다리라며 나무의 억센 재활 의지를 연상하곤 했다.

부도를 맞고 쓰러졌던 그 지인이 다시 사업을 일으켰을 때 쓰러진 나무가 떠올랐다. 칠전팔기라는 뼈아픈 시련을 거쳐 재기에 크게 성공한 사업가였다. 수필을 쓰지 못하고 있을 때 나는 쓰러져 있던 나무를 생각한다. 부도의 늪을 헤쳐 더 크게 사업을 일으켜 세운 그 지인을 생각한다.

아파트 정원으로 나가보는데 추위에 웅크린 나무들이 햇볕을 받고 있다. 오는 봄을 기대하며 눈이 오고 비가 오는 겨울밤에도 몸을 웅크리며 인인忍忍하고 있는 나무다. 혹 감기라도 들면 어쩌나 하는 생각이 드는데 나무는 감기 같은 것과는 아주 담을 쌓은 것 같으니 그나마 다행이다. 환경에 적응하며 그 환경을 이겨 나가는 지혜를 나무는 갖고 있어 보인다. 폐기물 수집소에는 찌그러진 대야가 눈에 뜬다. 한때 아끼던 다른 폐기물도 더는 쓸 수 없게 된 대야처럼 군데군데 시옷ㅅ 자 같은 상처를 달고 있다.

어떤 입에서는 시옷이 든 글자만 보아도 두드러기가 인다는 농담 같은 말이 들린다. 이를테면 시가 시어머니 시누이 등의 낱말에 알레르기 현상을 일으킨다는 말이 귀에 꽂힐 때 아하, 그래서 시집詩集이 팔리지 않고 천대받는 세상이구나 하면서 수다를 떤다. 하기야 수필집이 팔리지 않는 것도 떼놓을 수 없지만.

나는 또 망설인다. 이번에는 시媤 아닌 수隨 자字 돌림인 수다를 두고 어느 방향으로 머리를 틀어야 하는지 읽지 못한 생각의 가지를 휘어잡는다. 잡은 가지를 놓으니 허공으로 핑 치솟아 오른다. 아하, 저게 수다라고 하는 이런저런 삶의 힘이구나 하는 생각이 들어 치솟은 가지가 휘젓고 있을 허공을 멀거니 본다.

겨울 허공은 새파라니 맑은 얼음장이다. 치솟은 가지가 얼음장을 깨트리고 있으리라. 얼음 조각이 사그락사그락 떨어지는 소리를 들은 것 같다. 나는 금방 녹을 것 같은 얇은 얼음 조각을 받아 든다. 수정보다 더 맑고 투명한 얼음 조각으로 된 허공.

문득 수필 하나 허공에 끼적이고 싶다.

8

생각이 빠져나간 머릿속은 허전하다. 그래 빈둥거린다는 말이 입에 매달린다. 빠져나간 생각은 어떤 모양새인지 궁금하기는 하다.

조금 전에 귤을 까먹었다. 껍데기는 버리고 알맹이만 입에 집어

넣고 우물거리듯 먹었다. 껍데기를 먹을 생각은 처음부터 하지 않는다. 그걸 말려서 차로 끓여 먹는다는 이야기를 듣기는 했다. 그러나 껍데기는 알맹이가 빠져나간 빈 것이다. 빈 것은 빈 것의 세계라고 말해보면 껍데기에도 무엇이 있을 것이란 생각이 든다.

나는 지금 알맹이를 놓친 귤 껍데기다. 생각을 좀 그럴싸하게 엮어나가고자 여백이라는 말을 빈 껍데기에 비추어본다. 그림 속에서의 여백은 물감을 칠한 부분과 어울려 그림 효과를 감미롭게 한다. 그런 점 여백은 힘이다. 여백은 정적이다. 이렇게 보아 나가다가 여백이 갖는 침묵에서 그림의 진수를 읽기도 한다.

시인 신동엽은 '껍데기는 가라'고 일갈하는 시를 남긴다. 뒷머리가 켕긴다. 수필을 한답시고 실속도 없이 너스레만 떠는 나는 껍데기다. 같은 생각을 되풀이하면서 종이만 낭비하는 나는 껍데기다. 흐르는 구름, 흐르는 강물을 보면서 흘러간다고 구름과 강물을 표절하는 나는 껍데기다. 알맹이가 없는 나는 껍데기다. 철면피한 구제 불능의 껍데기다.

그런데 껍데기도 당당하게 살 곳을 찾아야겠다는 생각에 골몰한다. 껍데기는 껍데기끼리의 단합 대회라는 것을 생각한다. 알맹이가 맛있게 익을 수 있도록 감싸 안아주던 껍데기 아닌가. 그리고 보니 껍데기는 껍데기만이 아니다. 어느 식당에서는 돼지껍데기 요리로 이름을 날리고 많은 돈을 거머쥔다고 한다. 귤 껍데기로 된 진피陳皮니 뭐니 하는 한약이 사람의 건강을 도우는 일을 하지 않는가.

비어 있던 머릿속이 뭔가로 조금씩 차는 느낌을 받는다. 껍데기는 껍데기라는 알맹이 아닌가 하고.

9

요리 잘하는 남자가 대접 받는 세상이라고 한다. 그런데 나는 이따금 미처 퍼지지도 않은 라면을 들고 앉아 깨작깨작 젓가락질을 한다. 이건 누가 보나 대접 받기 틀린 일이다.

밖에 나갔던 아내가 전화를 한다. 국은 제대로 데웠느냐, 멸치볶음과 나물무침과 김치는 제대로 꺼내먹고 반찬 그릇 뚜껑은 잘 닫았느냐, 가스불은 잘 껐느냐는 등 모성애 같은 말을 줄줄이 꿴다. 오랏줄 같은 전화기라며 아내의 전화를 고마워하면서도 혼자 투덜거린다.

투덜거릴 일은 이것 말고 또 있다. 컴퓨터의 속도가 지나치게 느리다. 스위치를 켜고 한참 기다려야 초기 화면이 게으른 기지개처럼 뜬다. 컴퓨터 파일 속에 이런저런 잡다한 실금 같은 악성코드와 바이러스란 놈이 길을 훼방 놓는지도 모른다. 내가 원하는 파일은 오물 찌꺼기 같은 악성코드와 바이러스를 헤치고 오느라 힘겨웠을 것을 생각하면 그나마 고맙다.

문명의 발달은 새로운 것을 만들고 낡은 것을 밀어내는 일이다. 새로운 것은 편리하다. 새로운 것은 보다 더 새로워지고자 낡은 것을 돌보지 아니하고 새로운 것에 집념하는 눈을 판다. 어제의 자랑, 어제의 영광은 사라지고 새로운 것에 마음을 돌린다. 뿐만 아니다. 정신문화의 마당을 차지하는 수필이란 것도 새로운 것으로 지향하려는 강한 욕구를 지닌다. 기계 문명에 뒤지지 않으려는 정신문화 아닌가. 그런 점 문명과 문화는 앞서거니 뒤서거니 어깨를 나란히 한다. 만약 이런 현상에 균열이 생긴다고 치자. 머리만 커다랗고 몸집이 왜소하거나 몸집만 커다랗고 머리는 왜소한 인간형과 같은 균형이 깨진 사회 현상이 생기지 않겠는가. 그런 것을 무슨 만화에선가 본 기억도 있다.

곶감을 두 개 먹는다. 혼자 있는 집 안은 정적으로 꽉 차는 느낌이 든다. 이런 때는 괜히 또 군것질 생각이 난다. 먹는 소리로나마 정적을 더 확인하고 싶다.

아차, 글을 쓰는 동안에도 뭘 먹은 것에만 겨우 치중하고 있으니 이 또한 가벼운 처신머리지 싶다. 금강산도 식후경이라더니 내 처지가 그런 것 같아 갑자기 꼭지가 덜 떨어졌다는 느낌이 든다. 창밖에 눈을 돌린다. 사람들이 지나가고 승용차들이 지나가는 것이 보인다. 주말을 쾌적하게 즐기느라 승용차는 바람처럼 지나가고 또 꼬리를 물고 미끄러지듯 경쾌하게 지나간다.

방 안에만 죽치고 있을 수는 없다. 가까운 산자락이라도 밟아보고 싶다는 생각을 한다. 달력은 마침 입춘이다. 산자락 어디에는 봄이 나뭇가지에 물을 길어 올리느라 조금 부산할 것도 같다. 지나간 추억 한 장면이지만 입춘대길이라는 방榜을 써 붙이던 때가 있다. 그러면 한 해가 춘수만사택春水滿四澤처럼 넉넉하게 고이는 느낌을 받았다.

벼루에 먹을 갈아야겠다는 생각을 한다.

10

요즘의 책 읽기는 건성으로 읽어나가는 경우가 많다. 책장을 한

장 넘기면 그 앞에 읽었던 내용과는 연결이 잘되지 않아 다시 앞 장으로 되돌아가기도 한다.

책장을 넘기다가 시계를 본다. 그런데 여전히 한참 전의 그 시간이다. 작은 바늘 큰 바늘이 시침을 뚝 떼고 아까 그 자리를 지키고 있다. 내 짐작으로는 오십 분이나 한 시간을 훨씬 지났어야 했다. 그래 좀 더 자세히 시계를 보는데 초침이란 것이 움직이지 않는다. 좀 쉬어가자는 생각인지도 모른다. 건전지 수명이 다 된 것 같다. 시계는 건전지라는 약을 먹고 움직이는데 그걸 미처 손보지 못했으니 쭉 퍼질 만큼 퍼진 것 같다. 언제부터 그런 현상이 일어났는지 시계에 무관심했었다는 생각이 든다. 시계를 보면서 사는 형편도 아닌 터에 시계와는 거리가 멀었다. 어쩌다 책을 읽으면서 시계를 보게 된 것은 책 읽기가 지루했기 때문이다.

아버지를 따라 일한 젊은 때의 논매기의 지루함이 책 읽기에 따라붙는지도 모른다. 그렇게 보면 지루함도 무슨 유전자 같다. 애벌쯤은 그런대로 견딜 수 있었으나 만물매기 때는 까칠까칠한 나락 잎에 팔꿈치며 얼굴이 할퀴었다. 허리를 펴느라고 일어서면 어디선가 매미 울음소리가 들리다가 끊어지곤 했다. 하늘에는 시계 대신 해가 걸려 있다. 어서 해가 졌으면 하는데 해는 지루하게도 땡볕을 내리쏟으며 여간 움직이지 않았다. 고장 난 시계를 보는 것은 어릴 때의 논매기를 보는 일이나 다름없어 보인다. 지루하다는 것은 뭔가 딴청을 부리게 한다. 가지 않는 해나 부질없이 보게 한다.

생활 계획표가 없는 나처럼 시계 또한 당분간 퍼져 앉아 졸고 있을지도 모른다. 시계라는 이름 외에 잠든 시간이라는 이름으로 벽에 우두커니 걸려 있는 시계다. 그때그때의 시간을 알려주어야 시계다. 그러나 움직이지 않는 시계도 시계 아니겠나. 서 있는 것만이 나무 아니다. 도끼에 쓰러진 나무도 나무거늘.

벽에 걸린 시계에 다시 눈을 판다. 시계는 잘 풀리지 않는 문장처럼 고집이 센 것 같다. 여전히 한참 전의 그 시간을 충실한 파수병처럼 지키고 있다.

포켓몬

아무 소리도 들리지 않는 창밖이 궁금할 때가 있다. 날이 맑은지 흐린지 알고 싶은 때도 있다. 날이 화창하다고 어디 나갈 곳은 그다지 없다. 하지만 기왕이면 날이 맑았으면 하는 마음에 창밖 하늘을 멀거니 살피게 된다.

집을 옮긴 다음 가장 마음에 드는 변화는 시골처럼 조용하다는 점이다. 전에 살던 집은 바로 집 앞 도로에 차가 달릴 때마다 먼지는 물론 자동차 소리가 거슬렸다. 다소 청력이 떨어진 내 귀에 그처럼 소란스러울 때 아내의 귀는 더했을 것이다. 집을 옮긴 곳의 주거 환경은 산촌처럼 한가하다. 아파트 건물과는 약간 떨어진 곳에 찻길이 있을 뿐더러 18층의 높이에 둥지를 틀고 있으니 좀 허풍을 떤다면 감감하게 보이는 찻길이다. 창문을 닫지 않아도 차 소리는 물론 먼지도 날아들 엄두를 내지 못한다.

전에는 청소 때마다 시꺼멓게 먼지를 둘러쓴 걸레가 나왔다. 먼지 구덕에 산다며 아내는 가끔 투덜거리는 목소리를 내었다. 집을 옮기게 된 것도 아내의 주장이 있어서이다. 집을 소개소에 매물로 내어놓았다느니 이사갈 집을 새로 마련했다느니 하는 것도 순전히 아내의 발품이 있어서이다. 이사하는 날은 이삿짐 운전석 옆자리에 얼른 올라탔다. 그때 시정에 떠도는 우스갯말이 생각났다. 강아지를 보듬고 이삿짐 차를 타야 안심하고 새집으로 갈 수 있다는 말이 나를 다소 측은하게 했다.

글을 쓰다가 지치면 차를 한 잔 마셔도 될 것 같다. 차를 마시는 동안에 글이 풀려나갈 길을 생각할 수도 있다. 잘못 든 길에서 방향을 바꿀 생각도 할 수 있다. 커피는 아침 먹은 뒤에 한 잔 마셨다. 그러면 무슨 차를 마실까. 일회용 봉지에 담은 녹차니 둥굴레차니 하는 것은 아무래도 멋이 없어 보인다. 오후 늦게 커피를 하고 밤새 뜬눈으로 지낸 적이 있다. 커피는 멋으로 마시기도 좋은데 불행하게도 그런 멋을 즐길 수 없다.

하기야 내 처지에 멋을 찾는다는 말 자체가 웃기는 바보짓이다. 파이프를 물고 먼 바다를 응시하는 마도로스 사진을 본 적이 있다. 멋이 있어 보였다. 그런 흉내라도 내고 싶다는 생각을 한 적도 있다. 그런데 그런 파이프 하나도 지닌 것이 없다. 담배는 건강에 해롭다는 말을 자주 듣는다. 그렇다고 담배를 피우지 않는 것은 아니지만 빈 파이프만이라도 멋으로 물고 먼 산이거나 바다를 물끄러미 보는 폼이라도 잡고 싶다.

인생을 멋으로 산다는 사람은 모든 면에서 여유 있어 보인다. 그런 여유도 없이 사는 꼬락서니는 서글프다. '가난이야 한낱 남루에 지나지 않는다'는 서정주 시인의 시 구절이 들어 있는 「무등을 보며」를 읽는다. 시를 읽다가 보는 창밖의 산이 뜻밖에 '무등산'이라는 착각에 잠길 때도 있다. 남루이건 아니건 가난은 남루에 지나지 않는다는 구절에서 스스로 여유 있는 삶이라는 생각을 한다. 그런 구절이나마 읽었다며 속으로 은근히 혼자 기뻐하는 때도 있다. 그럴 때마다 인생을 그렇게 조마조마하게 살지 말라고 타이르는 앞산을 생각한다.

초등학생인 손자와 함께 아들의 승용차를 타고 갈 때였다. 손자 녀석이 아빠 좀 천천히 가자고 한다. 무슨 말인지 몰라 녀석이 열심히 들여다보고 있는 스마트폰에 슬쩍 눈을 돌리는데 손자는 부지런히 뭔가를 찾고 있다. 알고 보니 포켓몬인가 뭔가 이름 부르는 파일이 터진 것 같다. 들은 이야기로는 포켓몬이란 것이 잘 터지는 지역이 있다고 한다. 차는 마침 그 지역을 달리고 있었던 셈이다.

산 위에서, 보리수 아래에서, 토굴에서 깨달음을 구한다는 말을 들었을 때도 깨달음이 잘 터지는 곳이 있다는 생각에 새삼 고개를 끄떡이게 된다. 봄볕도 돌담 아래서 쬐는 맛과 들판 가운데서 쬐는 맛은 다르지 않는가.

포켓몬이 잘 터지는 지역을 가령 여유 있는 지역이라고 나름대로 의미를 새겨본다. 그렇다면 창밖에 내가 구하는 어떤 종류의 포켓몬이 터지는지도 모른다. 아니 마시고 싶은 어떤 차가 냉장고 속에 포켓몬이 되어 잠자코 있을지도 모른다. 사람은 누구든 그가 구하는 포켓몬이 있을 것이란 것에 생각이 끌린다.

틈틈이 내다보는 창밖에 더 소중한 포켓몬이 떠 있을지도 모른다. 집 앞에 솟아 있는 야트막한 야산이 지긋하게 파이프를 물고 있다는 생각은 덩달아 즐겁다.

구미호의 탈

그게 그것인 비슷한 소리만 글 속에 뱉아 내는 나는 따분하다. 내 색깔은 허여멀쑥하거나 검거나 잿빛이거나 그런 좀 우중충한 것이지 싶다. 잿더미를 둘러쓴 무지렁이를 생각할 때는 그 형상이 영락없는 내 몰골이지 싶다.

먼 산은 잿더미 같은 스모그에 둘러싸여 있다. 그 속에서 누가 이쪽을 보고 있다는 환상에 잠긴다. 물을 것도 없이 멍청한 내 모습이다. 모습이란 말은 이런 경우 좀 고상하다는 느낌마저 들어 오히려 민망하다.

박목월 시인은 '자하산'이란 이미지를 썼다. 자색 안개를 두르고 서 있는 산은 생각만 해도 아름답다. 그래 회색보다는 자색이다. 금방 마음이 변한다. 그런데 내 색깔은 자색과는 멀다. 일부러라도 자색을 탐하고자 자색 생각만 한다. 나는 자색이다. 이런 주문 비슷한 것을 마음에 건다. 그러면 덩달아 자색이 된 착각에 빠진다. 착각은 착각일 뿐 자색과는 거리가 멀다. 그런데 누가 또 어느 색깔이 좋다고 하면 금방 그 색깔이 좋아 허겁지겁 색깔의 옷을 바꾸느라 부산을 떨 것이다. 중심이 없는 나는 내 색깔을 찾아 허둥지둥 헤매는데 아무래도 분명한 색깔이 나오지 않는다. 중심 사상이라고 하는 것이 바람 앞의 촛불처럼 쉽게 흔들린다. 입으로는 중심을 잡아야 한다고 우기는데 결과는 언제나 그 나물에 그 밥이다.

낭떠러지 길을 걸을 때다. 남들은 아무렇지도 않게 걷는 아찔한 길을 나는 기어가듯 한다. 간을 꺼내어 보지 않아도 콩알 크기나 다름없을 거라고 혼자 단정한다. 그 작은 간은 일상생활에서도 그대로 나타나는 것 같다. 어쩌다 몇 번 어지럼증 같은 것을 경험한 적이 있다. 낭떠러지도 아닌 평탄한 길에서 어지러워 그 자리에 서서 몸을 추슬렀다.

어지러운 것은 나도 미처 자각하지 않는 순간 두뇌가 좌우로 약하게 흔들리는 일이지 싶다. 그렇게 되니까 아침에 읽은 문장이 흔들리는 두뇌에서 빠져나간다는 생각이 든다. 기억력이 떨어진다는 것도 알고 보면 어지럼증 탓이라고 뭘 아는 척 멋대로 빌미를 댄다. 그런데 언제부터인가 그런 증상이 깨끗이 사라졌다. 멋대로 와서 멋대로 나가버리는 지진 현상 같은 것에 나는 그다지 관심을 두지 않는다. 곰곰 생각해 보면 언제부터인지 내 두뇌에 미세한 증상인 지진이란 것이 채질을 하듯 좌우로 흔들리며 무슨 경고인가를 주입시키고 있었을 것이지 싶다. 그런 증상은 두어 번 여진처럼 찾아오더니 언제 그랬느냐는 듯 멀쩡하다. 그 증상을 반기지 않으니까 여기 있어보아야 재미없다고 깨달은 증상이 슬그머니 어디로 사라진 셈이라고 멋대로 진단한다.

몸이 건강해야 정신이 건강하다는 말은 식상할 정도로 듣는다. 나를 가장 잘 아는 것은 나 스스로다. 이렇게 말을 떠벌리는데 내 속의 오장육부가 어떤 상태인지는 미처 모른다. 어쩌다 소화가 잘되지 않는다며 병원을 찾거나 약국을 찾는다. 의사는 위궤양이니 뭐니 하고 무슨 병명인가를 말하고 처방전을 쓴다. 그런데 위장이란 것이 어떤 상태인지 알고자 위내시경 진찰에 몸을 맡긴다. 그러면 아무것도 모르는 나에게 내시경은 이러이러한 것이 어떻다며 사진을 찍어 말을 한다. 감기를 앓을 때도 사정은 마찬가지다. 이마에 열이 오르고 콧물이 나고 목이 따갑고 등 말도 많고 탈도 많다.

글을 쓸 때도 이 비슷한 현상은 당연히 나타난다. 어떤 문장은 문을 꽉 처닫고 풀릴 낌새를 보이지 않는다. 어떤 문장은 쓰고 지우고 하는 등 법석을 떤다. 글은 대상이 갖는 정서의 깊이와 그 모양새를 찾아내는 작업이다. 대상은 속엣것을 감추고자 하고 나는 그 속에 감추어진 비밀을 찾아 문장이라는 형태로 드러내고자 한다. 나와 대상과의 지루한 실랑이를 벌이는 경우도 허다하다. 나는 대상을 슬슬 꼬드긴다. 속에 감춘 것을 내놓으라고. 거북아 거북아 머리 내놓으라 하는 구지가龜旨歌를 마음으로 읊는다.

글쓰기는 리모델링이 아닌 뉴크리에이션new creation이다. 그런데 나는 늘 비슷한 소재 비슷한 문장구조로 하나마나한 안이한 리모델링 글쓰기로 만족하려 한다. 참신하다는 것에서 거리가 먼 쓸쓰레한 우두커니다.

구미호의 탈을 쓴 대상을 살살 꼬드겨 무엇이 참된 세계며 대상인가를 밝히고 싶다.

소리, 알맞은

1

아파트 실내에서는 소리의 방향을 가늠하기 어렵다. 위층 같기도 하고 아래층 같기도 한 소리. 어디서 끄르륵 뭘 긁어대는 소리가 거푸 들린다.

창문을 열어본다. 길 건너 무슨 가내공업인가 하는 지붕 아래에서 들리는 소리 같다. 그곳의 소리는 때로 끄르륵거리는 트림 같은 소리를 쏟아냈다. 무엇을 잘못 먹고 그걸 소화시키느라 힘을 쓰는 소리 같다. 그런데 다시 들리는 소리가 따그르르 스타카토처럼 단조롭다. 아하, 마침 선거철이다. 어느 유세장에서 소리를 알맞게 하느라고 마이크를 조정하는 소리라는 짐작에 끌린다.

한 도시, 한 구역의 일을 맡아서 하겠다는 훌륭한 인사들이 여기저기 눈에 띄는 철이다. 그래 소리를 듣는 서민은 마이크 덕에 좀 마음 편하게 살 수 있겠다. 목에 핏대를 올리며 그가 가장 일을 잘하고 양심적이고 어쩌고저쩌고 하던 사람을 뽑아놓으니까 말짱 헛수고인 때가 한두 번이 아니었다. 서민은 번번이 속으면서 이번에는 하고 또 투표장으로 나간다. 이게 아닌데 하는 생각을 하면서 또

표를 찍는다. 속아도 믿어보자는 거다.

문을 도로 닫는다. 들리던 소리가 들리지 않는다. 소리도 어지간히 피곤한 것 같다. 매일 하던 소리를 또 하느라 목인들 편할 수 있겠나. 그러나 그것은 떵떵거릴 수 있는 벼슬자리 하나 갖자는 의욕에서 우러난 소리다. 등산길 정리 공사를 하느라고 무거운 목재를 등에 걸치고 가파른 길을 헐떡거리며 오르내리던 일꾼들의 목소리가 떠오른다. 영화에서 본 노예 노동을 연상케 하는 노동 장면이다. 빈 몸으로 그들 곁을 지나가기가 민망스러워 발자국 소리도 함부로 내지 못하고 길을 얼른 비켜주었다.

사람의 운명은 때로 시간 문제라고 한다. 등짐을 지고 끙끙거리던 일꾼 가운데 어느 누구는 유세장에서 표를 호소하는 당당한 후보자가 되어 있을지 혹 모른다. 어쩌면 그는 진정한 일꾼일 것이다. 무거운 등짐을 지고 산비탈을 오르내린 자만이 어려운 서민의 살림살이를 알지 않겠는가. 망설일 것 없다. 그의 편이 되어 박수를 치고 있는 나를 연상하는 건 그다지 낯설지 않을 것이다.

누가 또 무엇을 탕탕 치는 듯하다. 마침 휴일이라 위층 남자가 벽에 못을 치는지도 모른다. 그 못에 걸릴 그림 한 점을 생각하기로 한다. 무슨 기도를 하는 그림이 떠오른다. 사랑과 이해. 소리를 사랑하지 못하고 이해하지 못한 내 귀는 막막하다. 소리가 따가워 자꾸만 성달궂이 쪽으로 기울이려는 나는 밀레를 생각하기로 한다. 그래 맞다. 탕탕 못을 치는 소리는 밀레의 그림을 걸고자 하는 소리인지도 모른다.

밀레의 「만종」 소리는 못을 치는 소리를 통하여 듣고 있다고 생각하기로 한다.

2

구름은 하늘의 소리다. 그냥 맑기만 한 새파란 하늘은 소리를 잃은 밋밋한 표정을 닮는다. 보조개를 띄듯 구름 한 점이 살짝 찍힌 하늘의 표정은 때로 살가워 보이기도 한다.

털어도 먼지 한 점 나오지 않는다는 사람은 인간미가 없어 보이니 이상한 노릇이다. 일을 정직하고 착실하게 잘 할 것 같다는 믿음이 보이는데 실제는 그와 반대라는 말이 들리기도 한다. 맑은 물에는 고기가 놀지 않는다는 말이 털어도 먼지 한 점 나오지 않는 사람의 비유에 해당되는지 모른다. 그런 윗사람 아래에서는 아랫사람이 견디기 어렵다고 하니 이 또한 앞뒤가 어긋난 것 같은 느낌이 든다.

커다란 잉어들이 다리 아래 근처에서 먹이를 찾고 있다. 성지곡 수원지에서다. 나들이 나온 사람들이 자주 먹이를 던지는 곳이다. 새우깡, 빵 부스러기, 건빵 등을 먹을 수 있다는 것을 잉어는 알고 있다. 크기가 어른 팔뚝만 하다. 수원지 물속에는 잉어들이 먹고 자랄 수 있는 먹이가 이것 말고도 널리 깔려 있어 보인다. 좀 흐려 보이는 물속에 프랑크톤이라는 것이 산다는 생물 공부를 한 적도 있다.

사람을 잉어에 빗댈 생각은 추호도 없다. 알맞게 흐린 물속에서 건강하게 자라는 잉어를 보는 날은 잉어가 살기 알맞은 곳이라는 생각이 든다. 지나치게 물이 흐리거나 그 흐린 물속을 몰래몰래 헤치고 다니는 약삭빠른 잉어는 흐린 물 때문에 방향 감각을 잃고 점

차 숨이 끊어질 것이다.

흐린 구름만으로 깔린 날이 연일 계속된다면 사람의 표정 또한 먹구름이 되어 떠돌게 될 것이다. 햇빛을 잃어버린 사람은 흐린 하늘 아래서 방향 감각을 잃은 잉어나 다름없게 될 것이다.

하얀 솜구름이 몇 송이 동동 뜬 가을 하늘은 맑은 악기 소리 같다. 눈과 귀를 시원하게 한다. 솜구름이 천천히 날아가는 하늘 끝을 보는 날은 잊었던 그리움과 잊었던 목소리가 떠올라 하늘을 다시 본다.

알맞게, 알맞게라는 말이 때로는 삶을 생각하게 한다. 밥을 지을 때 물을 알맞게 붓듯 알맞게는 삶의 손대중이 된다. 사회생활에서 가령 손대중을 저버릴 때 말썽은 더 큰 말썽으로 번지게 된다. 저울에 올리지 않아도 알맞은 손대중에서 은은하고 잔잔한 악기 소리가 들리고 덩달아 삶의 꽃이 피지 않겠는가.

뜬살이가 사는 알맞게 흐린 물을 생각하는 날이다.

쭉쭈우!

지금 몇 시인지 정확하게 알고자 하지 않는다. 하지만 초저녁이라는 것만은 안다. 그러니까 지금부터는 지금부터의 초저녁 시간대다.

저녁 시간은 왜 들추는지 생각하지 않기로 한다. 저녁이니까 저녁이라고 한다. 그런 처지에 내 경우 새벽과 저녁 시간은 그다지 다를 것이 없다. 저녁을 먹었다거나 초승달은 조금 전의 그 자리에서 한 뼘쯤 움직였다고 말하고 싶다. 그런데 움직임을 모르는 삶에 길들어 있다는 생각이 나를 아프게 한다. 길든다는 것은 어쩌면 편한 노릇이다. 길들었으니까 무엇을 애써 고심하지 않아도 된다. 길들었으니까 무엇을 하고자 달리 머리를 싸맬 일도 없다.

이런 상태를 편하다고 하면 서글픈 노릇이지만 편하다. 그렇지 않다고 말할 이유는 없다. 될수록 마음 편하고 몸 편하게 생각하고 움직이면 그것으로 그만이다. 널브러져 뒹구는 휴지 나부랭이를 저기 쓰레기통에 집어넣을 일도 없다. 널브러진 휴지 나부랭이 같은 나날인데 그걸 쓰레기통에 집어넣으면 휴지 나부랭이는 그가 갖는 자유를 박탈 당하는 궁색한 처지로 떨어질 것이다. 어리석기 짝이 없는 생각이지만 우선 그렇게 여기는 백수 나날이다.

하지만 몸을 움직인다는 것이 중요하다. 몸을 일으킨다. 널브러진 휴지 나부랭이를 모아 쓰레기통에 집어넣는다. 그런다고 무슨 환경정리주의자거나 모범적인 생활자라라거나 하는 것은 더더구나 아니다. 내 처지나 그다지 다름없는 쓰레기통이 텅 빈 그대로 뒹굴고 있는 꼬락서니가 보기에 딱해서다. 요즘 형편으로는 마땅하게 움직일 일이란 그다지 없다. 죽치고 앉은 쉼터 자리에서 엉덩이를 털어보고자 움직이는 것이다. 흉물스럽게 된 딱한 처지를 지우고자 이런 요령 없는 변명이나마 입에 담는다.

지금 저녁 몇 시인지 굳이 알고자 하지 않는다. 알아도 그 시간이고 몰라도 그 시간이다. 차라리 모르고 있다가 저녁으로 더 기울어지면 천천히 털고 일어나 몸을 좀 더 크게 움직이는 것이 오늘을 마감하는 일과이다. 그러니까 시간을 모르고 사는 백수층白手層에게도 하다못해 시간을 짐작하는 일이 있다며 푼수 없는 생각이나마 한다.

하는 일이 없다는 것은 차라리 고달픈 장승이다. 가만히 있는 시간이란 죽은 시간이다. 죽지 않으려고 생각하고 죽지 않으려고 움직인다면 죽음이라는 것은 오히려 삶을 위한 방패막이다. 그래 이번엔 살고자 생각하고 살고자 움직인다는 말을 한다. 조금 생각하던 것을 많이 생각한다. 작게 움직이던 몸을 크게 움직인다. 팔을 뻗고 다리 펴기를 한다. 쭉쭈우!

지금 저녁 몇 시인지 알아야겠다. 시간을 안다는 것은 나를 알아야 한다는 뜻이나 다름없는 요즘이다. 좋고 나쁘고를 떠나 시간이라는 끈에 질질 끌려가는 삶 아닌가. 시간을 알고 능동적인 삶을 살아야겠다. 이런 다짐으로 다시 시간을 돌아보면 훌쩍 지나가 버린 시간이 아쉽다. 나는 내 시간 관리자가 되어야 하는데 노예처럼 시간에 질질 끌려가고만 있다. 그런 뉘우침으로 지나간 시간을 돌아본다. 지나간 시간은 이미 저만치 멀리 있다. 이런 때는 다가오는 시간이나마 허술하게 보내지 않아야겠다고 마음을 다진다. 살면서 이런저런 다짐은 나름대로 거푸했다. 그러나 어느 것 하나 만족할 만큼 이루어진 다짐은 거의 없다는 것을 안다. 흐지부지 살았다는 말이 나를 아프게 한다. 시간은 금이라고 하는데 금이 무엇인지도 모르고 살았던 나 아닌가. 그러니까 나는 문명 시대 이전의 미개한 얼치기다. 눈을 떠야겠다. 이렇게 써놓고 나는 또 문명 시대 이전의 동굴 속 얼치기로 터벅터벅 돌아갈지 모른다.

보다 더 조용히, 보다 더 깊이 생각하고 뉘우치자고 마음을 추스른다. 지금 쓰는 이 헷갈리는 구문構文이 그것을 깨닫는 길이라면 어떨까. 그런데 조금도 달라진 기미가 없을 것 같다. 틀렸다. 나는 틀린 가운데서 틀리지 않는 것을 다시 생각하기로 한다. 이것은 이렇고 저것은 저렇다고 조금 더 분명한 분별력으로 생각하기로 한다. 헷갈리는 삶을 처음부터 다시 찬찬히 짚어 어깃장 부리지 않기로 한다. 생각이 고작 그 모양이냐고 꾸짖는 소리를 귀담아 듣기로 한다. 귀가 따갑고 머리에 쥐가 날 듯하지만 들을 것은 더 꾸준히 열심히 듣고 익히기로 한다. 늦었다고 생각하는 나를 버리고 나를 새롭게 다져 세우기로 한다.

지금 어렴풋이 시간이 저무는 기척이 있다. 저무는 시간에 가만

귀를 댄다. 그러면 들리는 소리가 있다. 전에도 간간이 들던 따가운 경고음이다. 조금 더 바탕 화면에 충실하라고 하는 소리다. 지금 가고 있는 길의 바탕 화면을 위한 관리자가 되어야 한다고 타이르는 소리다. 그래 알겠다. 나는 내 길을 위한 낡은 깃발이나마 세우는 거다. 누구에게 기대지 말고 나만의 길을 닦아 나만의 영토를 가꾸는 거다.

저녁이 가만 저무는 소리를 한다. 저무는 시간에 칠흑처럼 깊고 단단한 흑단을 깎아 세우고 싶다. 밤이 문득 밝은 빛을 쏘아댈 것만 같다.

나무 나무 나무

1

창밖에 나무가 서 있다. 나무 너머에 아파트가 서 있다. 어제 서 있던 나무며 아파트다. 서 있는 모습으로 절로 눈에 들어오는 나무며 아파트다.

나무를 보고 아파트를 보았다고 누가 값을 요구하지 않는다. 완전 공으로 본다. 이런 거 아니고도 세상에는 공짜가 여기저기 헤아릴 수도 없이 깔려 있다. 코로 들어오는 공기가 그렇다. 만약 공기에 값을 매긴다면 이상한 시비가 붙을 것 같다. 공기를 지나치게 깊이 마신다며 투덜거리는 사람이 있을 것이다.

건강한 공기, 오염된 공기 등 질에 따라 가치도 천차만별로 나누어질 것은 불문가지다. 형편이 넉넉한 사람은 건강한 공기를 찾아 집을 옮겨 다닌다. 그때 넉넉한 사람과 그러지 못한 사람의 처지로 나누어질 것은 뻔하다. 어디에서 생산된 일급 공기라는 등 공기 사업을 하는 사람이 버젓한 간판을 들고 나올 것이란 생각은 어쩌면 슬프다.

하지만 어디서 길어온 생수가 어떻다는 등 생수 사업이 활발한 기세를 올리는 세상이다. 물은 공기와 더불어 생명과 절대적인 관계를 갖는다. 그러고 보니 공기 포장물이 나오지 말라는 법은 없다. 날로 오염된 공기에 몸이 찌들어가는 도시인들은 신선한 공기 주머니로 지친 몸을 잠깐이나마 풀 궁리를 할 것이다. 아파트 단지 안에 나무를 심는 이유도 따지고 보면 공기 주머니를 심는 것이나 다름없어 보인다. 나무에서 신선한 공기가 나온다고 하니 나무는 아파트 주민의 건강을 돕는 돈주머니 같은 주머니다. 사람과 나무는 서로 다정한 유대 관계를 갖는다. 나무를 사랑하자는 구호는 건강을 사랑하자는 구호다.

창밖에 나무가 서 있다. 여름 무더위를 견디던 시퍼런 나무는 어느새 불그스름한 잎을 바람에 가만 흔들고 있다. 계절의 변화를 따라가야 더 건정하게 자란다는 것을 나무는 안다. 그런 나무를 보고 있다. 나무의 이야기를 듣고 있다. 아니다. 나무가 나를 보고 나를 말하고 있다. 나무처럼 믿음성이 있고 튼튼해 보라고 타이르는 것 같다.

달리 하는 일도 없이 어정 세월인 나에게 나무는 뭐든 일을 생각해 보라고 한다. 고마운 나무다. 지금은 가지를 가늘게 흔드는 나무가 서 있다.

2

저녁이 오고 나무가 서 있다. 전에는 자세히 본 적이 없는 흔들리는 나무다. 가느다란 단풍나무와 제법 의젓한 느릅나무 느티나무도 덩달아 몸을 흔들고 있다. 그쪽이 흔들리니까 이쪽도 한번 흔들어 보자는 마음이 깔려 있는 것은 아니다. 몸을 흔들면서 자라는 나무라고 한다. 흔들면서 새 잎을 키우고 꽃이 피고 열매도 매단다. 흔들림은 어쩌면 나무의 본능이며 생명력이다. 나무가 자라는 길이다. 하지만 종일 흔들리는 나무는 어지러울 것이다.

먼 남녘 바다에서 태풍 하나가 북상 중이라는 예보를 때로 듣는다. 나무는 그것을 진작 알고 태풍에 맞서는 몸풀기 운동이라도 하는 것 같다. 딱딱한 몸으로 태풍을 그대로 맞을 경우 자칫 몸이 부서질 염려도 있다.

흔들리는 나무를 보는 눈에 흔들리는 내 마음이 뜻밖에 나무에 겹쳐 보인다. 우선 흔들림을 소재로 뭔가를 쓰고자 했다. 흔들림에는 추錐가 있다. 기둥 시계의 추처럼 좌우로 흔들리는 시계추는 흔들리면서 시간을 만든다. 좌우로 흔들리는 추를 달면 쓰고자 하는 무엇이 순순히 풀릴 것이다. 글의 방향을 잡고 갈 흔들림을 생각하는 마음에 나무가 쓰고 있을 나무의 흔들림에도 귀를 기울인다.

나무처럼 흔들릴 줄도 모르고 나는 종일 방안에 들앉아 흔들리는 나무를 보다가 흔들리는 시계추를 본다. 이러고서는 세상 구경은커녕 마을 앞에 흐르는 강물 소리도 듣지 못할 것은 뻔하다. 이런 처지에 덩달아 흔들리겠다고 덤비는 나는 두려움을 모르는 서툰 배짱 아닌가. 몸을 흔들어보기로 한다. 좁은 방안에서 팔을 높이 들었다가 내리고 허리를 쭉 뒤로 재낀다. 허리 어깨 무릎 팔이라는 구령을 입속으로 중얼댄다. 나무가 그렇게 중얼댄다는 생각을 또 한다.

태풍이 가까이 온 것을 모르고 그냥 뻣뻣해 있을 경우 나무는 필시 가지를 잃는 상처를 겪을 것이다. 그걸 액땜하느라 팔다리를 흔들며 몸을 푸는 동작을 한다. 유리문을 꽉 처닫고 나는 태풍이 어서 지나가기를 기다리고 있을 것이다. 방 안에 더 깊이 웅크린 채 비바람에 쓰러지는 나무를 보면서 이게 혹 혁명 같은 거 아닐까 하고 겁먹은 소리를 할 것이다.

나무는 재난 예방법을 아는 교과서다. 몸을 흔들던 나무의 의도를 어렴풋이 깨닫는다.

3

가로수 아래 사람이 서 있다. 왜 거기 서 있는지 모른다. 모르는 것을 알려고 하지 않는 사이에도 그는 나무 아래 서 있다.

아무짝에도 쓸모없는 싱거운 생각을 아무 거리낌도 없이 쉽게 떠벌린다. 싱거운 생각에 간을 친다는 셈으로 나무 아래로 갈 생각을 한다. 나무 아래 가서 나무 아래 서 있으면 누가 또 무슨 말이든 풀어놓을 것이다. 나무 아래 두 사람이 서 있다고 할 것이다. 혼자 서 있는 것보다 둘이 서 있으니 서로 의지가 되고 외롭지 않을 것이라고 당부 아닌 당부라도 할지 알 수 없다.

알 수 없다는 말을 써먹는 나는 알 수 없는 것으로 마음이 넉넉하다. 뭘 잘 아는 사람은 그가 아는 것을 풀어내느라 무엇이 무엇이라며 아는 척할 것이다. 알 수 없다는 말을 하는 사람만 따분하게도 알 수 없는 것으로 가득 찬 패거리가 되어 따돌릴 것이다. 알 수 없다는 것 또한 패거리가 되다니, 씨알도 먹히지 않는 이런 구질구질한 넋두리는 곱씹어 생각해도 따분한 모양새다. 따분하든 따분하지 아니하든 그다지 신경 쓸 처지는 아니지만.

나무는 허공의 틈새를 찾아 곧게 솟아올랐다. 걸림돌에 걸린 나무는 곧게 솟아오르지 못하고 꾸불꾸불 등이 굽는다. 나무가 자라는 길이든 사람이 자라는 길이든 그다지 큰 차이는 없어 보인다. 곧게 솟아오른 나무가 가령 운 좋은 신세라면 꾸불꾸불한 나무는 세상 풍파에 시달린 모양새다. 그런데 어제 신세 좋던 나무가 오늘은 뜻밖에 풍파를 맞는 경우도 없지 않다. 지지리도 어려운 나무가 어느 날 운 좋은 처지로 돌변하여 사람의 부러움을 산다. 그런 처지일수록 시쳇말로 사교술에 능수능란한 편이다. 하루아침에 큰 감투를 쓰거나 하루아침에 감투에서 쫓겨나는 고역을 겪을 수도 있다.

나무가 무슨 말을 하는지 다시 귀를 기울여 보아야겠다. 나무 아래 서면 나무가 된다는 생각은 지울 수 없다. 나무가 사람을 만들고 사람이 나무를 만든다고 혼잣말을 한다.

가로수 아래 서 있던 사람이 어느새 보이지 않는다. 나무 아래 누가 서 있었다는 생각만 아직도 가로수 아래 서 있다.

잠투정

잠이 오지 않는다. 잠을 불러오느라 몸을 뒤척인다. 왼쪽으로 누워본다. 다시 오른쪽으로 자세를 바꾸는 천방지축이다.

청하지도 않는 이런저런 잡념들이 잠자리에 끼어들어 잠을 가로채려 한다. 분명히 훼방꾼인데 그걸 떨치지 못하고 훼방꾼이 된 무리와 함께 뒤척인다. 아파트 관리비는 이미 납부한 듯하고 그러지 않는 것 같기도 하다. 기일 안으로 납부하지 않으면 과태료라는 것이 군살처럼 달라붙는다. 기왕 납부할 것이면 기일을 어기지 말아야 한다. 자동 이체를 하면 좋은데 그걸 아직 신청하지 못하고 있다. 다행스러운 것은 가스 요금, 전화 요금은 자동 이체다.

자동 이체는 나도 모르는 사이 이런저런 계산 방식으로 빠져나간다. 나는 그 빠져나가는 것을 내 눈으로 보고 싶다. 시인 릴케는 그가 죽어가는 것을 자신의 눈으로 보고 싶다고 했다던가. 기일을 어기지 않고 빠져나간 요금으로 통장은 한결 가벼워진다. 왼쪽으로 돌아누운 몸이 가벼워진다. 오른쪽으로 돌아누워도 가벼워진다. 머리칼이 빠지고 살이 빠져나가고 가벼워진다. 내 몸에서 빠져나가는 살의 무게를 보고 싶다.

목욕을 마치고 길에 나설 때의 눈부신 하늘과 구름은 가벼워 보인다. 몸이 날아갈 듯 가벼워진다. 길가의 이런저런 상점들이 파리를 날리고 있다는 말을 들어도 목욕을 마친 다음만은 마음이 가볍다. 가로수는 나뭇잎을 내려놓고 가벼워진다.

세상이 가벼워지고 있을까. 가벼워서 좋겠다는 말을 할까, 하지 않는다. 무거워서 좋겠다는 말을 할까, 하지 않는다. 가벼운 것은 가벼운 것만큼 가볍고 무거운 것은 무거운 것만큼 무겁다. 아무것도 아닌 처지에 세상 근심이 때로는 가볍고 무겁다. 하지만 세상일은 세상일이고 나는 나다. 그런데 나는 세상 안에 세상과 함께 숨을 쉰다. 세상의 기쁨, 세상의 슬픔이 때로 내 몸의 무게를 무겁게 하고 가볍게도 한다. 세상이 내 안에 있다는 말, 세상이 돈짝만큼 하다는 말을 하던 때가 혹 있나, 없다. 그처럼 대취大醉해 본 적이 없으니 세상을 한참 모른다. 세상에 밤이 오고 나도 밤이다. 세상에 낮이 오고 나도 낮이다. 지금 나는 잠을 자지 못하고 뒤척이는 밤이다.

잠이 올까 말까 몸이 좀 가벼워지는 느낌이 든다. 다시 모로 눕는다. 모로 누어도 그렇고 바로 누워도 그렇다. 잠에 속고 있을까. 속지 않아도 그렇다. 이 생각의 줄거리가 어디로 어떻게 흐를지 그렇다. 이것이 좋다고 생각하다가 저것이 좋다고 하면 거기 마음이 확 끌린다. 줏대머리라고는 전혀 없으니 그렇다. 정신 차려야 한다는 생각은 하지만 정신 차릴만한 처지도 아니다. 아니란 것만은 어렴풋이 아는 것 같다. 생긴 대로 사는 것이라고 말한다. 그런데 내 꼬락서니가 어떻게 생겼는지조차 캄캄하다. 그래서 모른다. 생긴 대로라는 말을 혼자 중얼거리면서 모른다. 무의식상태라고는 물론 할 수 없다.

이런 넋두리는 잠자리에 아무 도움도 되지 않는다. 지나간 것은 지나간 시간이다. 나는 지금 잠과 잠 사이의 시간에 있다. 왼쪽으로 오른쪽으로 몸을 기울인다. 잠이 기울어진다. 왼쪽에서 기울어지고 오른쪽에서 기울어진다. 왼쪽과 오른쪽 사이에서 기울어진다. 이미지 하나가 올 듯하고 그 이미지가 사라지고 또 다른 이미지가 올 듯하다. 올 듯한 것이 그러나 오지 않는다. 허깨비 같은 이미지다. 아니 그런 생각이다. 재주도 없는 처지에 괜히 이미지를 탓하고 있다. 비겁한 잠투정이다.

어쨌거나 지금은 잠이 우선이다. 잠을 끌어모아 앞으로 나란히 구령을 붙여본다. 좌로 나란히와 우로 나란히도 생각해 볼 수 있다. 하지만 지금은 앞으로 나란히만 생각하기로 한다. 조금 전에 왼쪽으로 돌아누웠을 때 왼쪽 옆구리가 좀 불편했다. 오른쪽으로 돌아누웠을 때도 사정은 마찬가지였다. 그래 지금은 바로 누운 자세로 앞으로 나란히를 고집한다.

잠자리 세계에서 새치기를 하고 싶다. 이 잡념과 저 잡념 사이에 슬그머니 끼어들어 쿨쿨 코라도 골고 싶다. 어느 잡념이 왜 새치기 하느냐고 투덜거릴지도 모른다. 그런데 엉뚱한 생각이 나보다 먼저 새치기를 한다. 이건 낭패다. 어제 먹은 칼국수가 나보다 먼저 새치기를 한다. 칼국수도 잠이 오지 않아 뭔가 궁금했던 모양이다. 잠과 칼국수 사이에서 나는 어리둥절해 한다. 그 집의 칼국수를 나는 그런대로 좋아한다. 아내는 아니라고 한다. 좋아한다와 좋아하지 않는다의 틈새에서 나는 또 줏대머리가 없다. 슬그머니 아내의 입맛 쪽으로 기우는 나를 본다. 제법 눈치를 읽을 줄 아는 모양이라고 나를 두둔한다. 새치기를 두둔한다.

이렇거나 저렇거나 새치기를 토닥거리기로 한다. 마음이 편한 자는 잠자리가 편하다는 문장을 읽은 적이 있다. 마음이 편하지 않을 까닭이 그다지 없다. 그래 곧 잠이 올 것이다. 자장자장. 나는 나를 어린 아기 토닥이듯 토닥거린다.

그나저나 잠은 기운이 장사다. 잠에게 나는 무릎을 꿇고 있다.

물때가 온다

    기찻길 변두리의 나무는 키를 웅크리고 있다. 함부로 높이 뻗어 오를 수 없는 처지다. 기차 속도에 떠밀려 자칫 부러질 염려가 있다. 혹 높이 치솟아 오를 경우 기관사의 시야를 방해할 수도 있다.

    나무 사랑이라는 말을 흔히 하지만 그건 사람을 중심으로 한 사랑이다. 무슨 일이든 사람이 주인공이다. 로봇인간이라는 것이 과학계의 화젯거리로 떠오르지만 그 또한 사람을 중심으로 한 설왕설래다. 사람이 있고 로봇이다. 기찻길 변두리의 나무라고 더 높이 뻗어 오를 기력이 없는 것은 아니다. 하지만 주위 환경을 생각해야 살아남을 수 있다.

    접고 사는 것이 때로는 이치에 맞다. 그것이 편하다. 오르지 못할 나무 쳐다보지도 말라고 하는 말도 있지 않는가. 괜히 이런저런 이득에 눈이 멀어 함부로 넘볼 경우 낭패를 당할 수 있다. 그렇다고 죽치고 있을 수는 없다. 최선의 노력이라는 생각이 사람의 마음을 움직이게 한다. 가만히 있을 경우는 세상일에 그도 모르는 사이 뒷자리로 떠밀리게 된다. 지금 이 시점보다 조금 더 앞선 생각을 찾아 나서고자 한다. 조금 전에 무엇이 보인다는 생각을 찾아 나서는 일도 그렇다. 자칫 어영부영하는 사이 그 생각의 꼬투리가 보이지 않는다. 무슨 아이디어였는지 감감하다. 그 감감한 것을 찾아 머리를 굴린다.

기찻길 변두리의 나무는 키를 높이 세우지 못한다고 했다. 땅바닥에 엎드리듯 키를 낮추어야 아쉬운 명맥이나마 지켜나갈 수 있다. 굵게 사느냐 가늘게 사느냐 하는 문제와는 다르다. 환경에 적응해야 살아남을 수 있다는 것을 기찻길 변두리의 나무가 말을 한다. 나무는 본래 위로 치솟아 오르려는 성질을 갖는다. 하지만 환경이라는 것은 본래의 성질에 적응하는 성질을 더해준다. 주어진 환경에 순응하면서 그 환경에 적응하는 것이 생존의 길이란 것을 염두에 두는 나무다. 고산준령高山峻嶺의 나무도 살아남고자 키를 낮추지 않던가.

지금 나는 기찻길 변두리의 나무에 대해서 말하고 있다. 그 나무의 높낮이에 대해서 이러쿵저러쿵하고 있다. 이런 고정된 생각에서 벗어나야겠다. 생각의 이동이라는 말을 뜬금없이 한다. 하지만 게으른 나는 이동할 곳을 좀체 찾지 못하고 알지 못한다. 좀 시원하게 트이는 생각이 있었으면 하는데 붙박이처럼 굳은 생각의 뿌리를 뻗지 못하고 끙끙거린다. 상상력 부족이다. 가방끈을 늘여야한다. 생각만 이럴 뿐 지금도 나는 길가의 나무를 우두커니 염두에 두고 있다. 방금 또 기차가 지나간다. 땅바닥에 붙은 듯 키 낮은 나무이지만 이때만은 무슨 손짓이라도 하듯 몸을 흔드는 나무가 있다. 기차와는 이미 정든 나무일 것이다.

판단이라는 것은 이쪽이냐 저쪽이냐다. 이쪽에서 보는 산은 높다. 저쪽에서 보는 산은 낮다. 같은 산을 두고도 이처럼 생각이 엇갈린다. 어느 위치에서 보느냐에 산의 높고 낮음이 서로 엇갈린다. 이런 때는 어디에 기준을 두느냐에 높고 낮음을 말할 수 있다. 그러나 세상은 이쪽은 끝내 이쪽이고 저쪽은 하늘이 두 조각나도 저쪽이라고 빠락빠락 우긴다. 그런 모순과 고집을 풀고자 단위라는 것이 제왕처럼 나타나 권위를 세운다. 가령 한 시간의 길이는 몇 분이며 여기서 저기까지의 거리는 몇 킬로미터라는 등 딱 부러지게 잣대를 댄다.

야바위 같은 속임수는 또 있다. 처음 이곳에 있던 말뚝 표지판을 아무도 몰래 저쪽 자리로 슬그머니 뽑아 옮기고는 저쪽 말뚝이라고 우기는 세상이다. 그에 덩달아 생각도 이랬다저랬다 처신머리 없이 굴다가 힘이 있는 쪽으로 슬그머니 끼어들어 능청을 떤다. 생각에 그럴싸한 불씨가 없는 것은 아니다. 더 깊게 더 넓게 더 참신하게 길어 올리고 헤아리고자 모처럼 길에 나선다. 기찻길에는 서지 않는다. 생각의 키가 혹 다칠까 봐 염려스럽기 때문이다. 그런데 생각은 얼마쯤 자랐는지 정작 모른다. 땅바닥에 납작하게 엎드려 있거나 옆구리가 터지지는 않았는지 의심스럽다. 피는 듯 꺼지고 꺼지는 듯 그 자리에 또 피는 생각의 불씨 아닌가. 꺼진 불도 다시 보자는 표어를 슬쩍 훔친다. 꺼진 생각도 다시 보자는 쪽으로 옮기고 시치미를 뗀다. 그렇다고 표절이니 뭐니 하고 무작정 고발하지는 않을 것이다.

지금 나는 제자리걸음을 하고 있다. 머문 자리에서만 꾸물거리고 있다. 생각의 길이 꽉 막혀 있는데 그걸 풀 생각을 하지 못하는 처지는 뒷걸음질이나 일삼지 않으면 그나마 다행이다. 뒷걸음치던 소가 쥐를 잡는다는 말이 있기는 하지만 그런 요행을 바라는 것은 물론 아니다. 글쓰기란 것에도 그렇지만 어느 일에도 발 벗고 나선 일이 없으니 다 글렀다. 그럭저럭하는 마음으로 살아온 처지에 갑작스레 성실이니 뭐니 부지런을 떤다면 이 또한 꼴불견이다. 절망스럽기는 하지만 버릇을 좀체 고칠 수 없다는 것을 안다. 굳을 것은 다 굳어버린 상태 아닌가.

뭔가로 변해야 산다. 좀체 드러나지 않는 생각의 빛깔만은 짚어내고 싶다. 그런데 그 빛깔이란 것이 정작 어떤 것인지 어디 숨어있는지 전혀 모른다. 모르는 것을 헤쳐 앞을 보고자 안개 같은 생각의 세상에 눈을 돌린다.

보름사리인지 조금사리인지 물때가 온다. 가물가물한 것이 자부는 듯 아닌 듯 온다.

무설당 無說堂

바위와 바위 틈새에 햇빛이 걸려 있다. 덫에 걸린 것 같다. 꼼짝도 하지 않는 햇빛을 보는데 과일 가게 앞에 웅크리고 있는 고양이가 떠오른다. 제법 살이 통통한 것이 사람이 지나가도 전혀 움직이지 않는 고양이다. 과일 가게를 지키며 과일 가게 주인이 주는 먹이를 먹고 자라는 과일 가게의 지킴이인 듯하다.

고양이의 날카로운 눈빛은 지나가는 사람들에게 어떤 위압감이 되는 듯하다. 고양이의 눈빛이 바위 틈서리에서 움직이지 않는 햇빛 같은 칼날처럼 날카로워 보인다. 햇빛이 어떻게 바위 틈새를 뚫고 있는지 궁금했으나 햇빛이 들어오는 쪽으로 갈 수는 없다. 그쪽은 캄캄한 낭떠러지다. 자칫 발을 헛딛을 경우 낙화암의 참극을 산중에서 겪을 듯하다.

바위 틈서리에 걸린 햇빛에도 고양이처럼 이목구비가 있다. 햇빛은 바위틈을 찾아 한낮의 참선을 하느라 가부좌를 친 상태로 지긋하게 눈을 감고 있을 것만 같다. 내 움직임에 귀를 기울일 햇빛은 전혀 아니다. 참선을 하려면 나뭇잎 하나 까딱하지 않는 낭떠러지 꼭지가 안성맞춤이겠다. 내 움직임이 혹 참선에 걸림돌이 되는지도

모른다. 무서운 전율과도 같은 그 침묵의 자리에서 벗어나기로 한
다.

어느 절에 갔을 때다. 무설당無說堂 당호가 있는 앞뜰에 홀연히 서
있었다. 말하지 않아도 뜻을 알고 그 뜻은 말하지 않는 가운데 있는
것이라는 의미를 어렴풋이 새기곤 했다. 이심전심을 말하는 무언거
사無言居士의 거처인지도 모른다. 그런 의미를 가졌을 현판이다. 숲
속의 새 울음은 물론 바람 소리 물소리도 들리지 않는 적막에 포위
된 당우다.

내가 본 바위 또한 무설당인지도 모른다. 그런 짐작으로 바위 틈
새에 걸린 햇빛의 침묵을 가만히 듣고 있었다. 옴 마니반메훔.

횡포가 나를 키운다

유병근 유고 수필집

5
part

비를 생각한다

옛날이야기는 그게 그거라는 생각에 때로는 싫증이 난다. 싫증에서 벗어나고자 싫증의 샅바를 꽉 쥐고 안다리를 건다. 싫증이 나에게 바깥다리를 건다. 쓰러질 듯 말 듯 몸을 바로 가눈다.

모래알이 후닥닥 놀란 듯 뛴다.

장화홍련전을 듣는데 열두 시라고 누가 말한다. 놀란 듯 뛴다. 열두 시 약속을 까먹고 나는 짧은 바늘과 긴 바늘이 맞붙은 시간에 놀란다. 비는 어디 멀리 사라진 듯하다. 디지털 시계를 뜬금없이 생각한다. 바늘이 겹치는 열두 시 시계와 숫자만 희뜩거리는 열두 시의 시계를 생각한다. 비를 생각한다. 놀라지 말고 편하게 생각하기로 한다. 편한 마음, 편한 몸가짐에 약속은 뒷전인 듯 터무니없는 생각의 꼬리표나 빗줄기처럼 달기로 한다. 꼬리표에는 불편/불안이 따라다닌다고 말하지 않기로 한다. 약속을 까먹고 무안한 일이지만 편안하게 생각하기로 한다. 이미 엎질러진 물이다. 덤덤하게 생각하자고 자세를 바꾼다. 비는 멀리 갔다고 생각을 바꾸기로 한다.

무엇인지 모르지만 껄끄럽다고 팔짱을 낀다. 우선 문자를 띄우기로 한다. 약속을 미루고 우두커니가 된 나를 다스리기로 한다. 어긴 약속과 친하려면 상대를 조금 더 알아야 한다. 비를 알아야 한다. 무엇인지 모르고 고개를 갸웃거린다. 미안하다는 표정이 담긴 고개를 다시 갸웃거린다.

어제는 날이 흐렸다. 비는 올 듯 꼬리를 사렸다. 비를 기다리는데 오지 않았다. 오지 않는 것은 오지 않는 것끼리 깨진 약속을 다독거리기로 한다. 장기나 한판 둘까도 싶다. 이기고 지고는 생각하지 않기로 한다.

세상의 표정은 어제 다르고 오늘 다른 얼굴이다. 이런저런 형태, 이런저런 맛과 우두커니를 갖는다. 비를 기다리는 동안에는 비의 행간에 스며든 의미와 우두커니를 즐기면서 비를 기다리는 조급한 마음을 다독인다. 비는 가뭄을 이기는 진정제 역할을 한다. 소화제는 더부룩한 위장을 다스리는 윤활유 역할을 한다.

비는 마음이 조급하지 않은 것 같다. 비는 보이지 않던 사물을 천천히 보여준다. 들리지 않던 소리를 속닥속닥 들려준다. 굳이 이런 효용성을 따지지 않아도 비는 묘한 감성으로 마음을 자극한다.

비는 며칠 뒤에 온다는 소식이 있다. 그게 맞거나 틀리거나 그다지 얼굴 찡그릴 일도 아니다. 어느 날이냐고 묻지도 않는다. 휴대폰을 꺼내어 일기 예보를 다시 듣는다. 내가 모르는 상태를 휴대폰은 안다. 휴대폰에게 고맙다는 말을 할까. 고마움이란 말의 형태는 지금 두고자 하는 장기 알을 닮았는지 비를 닮았는지 터무니없는 일이라는 생각이 든다.

생각은 미처 손을 쓰기도 전에 재빨리 사라진다. 사라진 생각을 읽으려는 나는 뜻밖에 비를 읽는 시원한 감상에 젖는다. 감상의 자궁 속에서 비가 태어난다면 억측일까. 탯줄을 줄줄이 단 비는 한 칸 뒤에 또 한 칸처럼 줄줄이 달고 오는 지하철 같은 차량을 닮을 것이다. 비와 함께 나타날 탯줄의 열병을 지금 앓는 기분이다.

열병을 타고 오는 비는 어쩌면 가슴이 뜨거울 것 같다. 뜨거움을 기다려볼까도 싶다. 기다리는 열병을 헤아려 보기로 한다. 시계 초침 소리가 들리는 듯하다. 길고 짧은 바늘이 돌아가는 소리도 들리는 듯하다. 이런 열병의 행간은 어떻게 마침표를 찍을지 아직은 미지근하다. 미지근한 틈을 뚫고 그러나 비는 아직 소식이 깡통이다. 비를 더 이상 기다리지 않아도 된다.

비를 지상으로 내려놓을까 말까 동동 떠 있는 구름의 열병식을 본다.

프로와 아마

창문을 닫는다. 창문 안과 창문 밖이 두 공간으로 나누어진다. 창문은 창문만이 아닌 경계 지역이다. 나는 그 경계 지역을 오가는 경계인이 되어 창문을 열고 닫는다.

한 짝꿍 안에서도 어느 짝꿍의 말은 창문 이쪽이다. 어느 짝꿍의 말은 창문 저쪽이다. 알게 모르게 갈라진 짝꿍 안에서 혹 저쪽 짝꿍이 엿들을까 봐 귀엣말처럼 끼리끼리 속닥거린다. 학맥 인맥 지맥이란 것도 그 속에 끼어들지 못하면 아무리 날고 기어도 짝꿍 대열에 끼어들지 못하는 외톨이가 되는 세상이다.

화가 박수근은 전문적인 미술 교육을 받지 않았다는 그 이유 하나만으로 아마추어적인 화가로 취급 당하고 있다. 뜻밖이다.(김훈동 「지금, 여기」 팜플랫 / 서양화가 정남영의 「태생적 조형감각」 글에서/2014년 7월) 화가로 처신하고 직업적인 화가 대접을 받으려면 전문교육을 받아야 아마추어라는 딱지를 뗄 수 있다는 지적이라면 좀 가혹한 분류법이지 싶다.

화가 또한 그림으로 모든 생을 거는 치열한 정신의 예술인임은 말할 나위도 없다. 모든 직업인은 전문 교육 과정을 거쳐야만 옳은 직업인으로서 대접받을 수 있다는 말은 생각해 보아야겠다. 홀로서기로 어느 분야의 전문 직업인이 될 때 이는 아무리 날고 기어도 전문 직업인이 아닌 아마추어라는 대접을 받는다면 전문 교육을 받은 자만이 살아남을 수 있다는 주장이나 다름없겠다. 화가 박수근은 전문적인 화가 교육을 받은 여느 화가에 뒤지지 않게 출중한 대표적인 전업 화가임은 자타가 공인하는 현실이다. 그럼에도 아마추어 화가란 일컬음을 받는다. 아마추어이기 때문에 참신한 화인 정신이 없다는 지적인지도 혹 모른다. 아마추어는 프로를 넘볼 수 없다는 은근한 언술이겠지만 박수근 화백은 개성 있는 특출한 화가임에 틀림없을 것이란 생각이 든다.

프로는 잘 익은 과일에, 아마추어는 설익은 과일에 비긴다면 망발일까. 잘 익은 것은 수입에 보탬이 되는데 설익은 것은 수입과는 거리가 멀다. 지나치게 수입에 매달릴 때 그가 하는 작업이 수입과 연결되어 치열한 직업 정신이 수입 쪽으로 마음이 팔린다면 이 또한 불행한 일이기도 하겠다. 지나치게 수입을 추구하다가 실패한 화가도 있다는 말을 들은 적이 있다. 그림을 수입과 연계시켜 화인 정신이 희박해진다는 지적이라면 어떨까 싶다.

바둑판을 가운데 두고 두 기사가 마주 앉은 장면을 본 적이 있다. 한쪽은 프로 기사, 또 한쪽은 아마 기사라고 했다. 프로든 아마추어든 바둑 정신으로 팽팽하게 겨루는 장면은 산과 물이 따로따로가 아닌 아름다움이다.

지금 나는 조선시대 강세황이 그린 도산서원도*를 보고 있다.

* 도산서원도, 1751년. 『그림 보는 만큼 보인다』 생각의 나무/손철주 2005년 9월.

legato와 staccato

    풀리지 않는 생각이 내 안에서 빌빌거리며 나오지 않는다. 생각이란 것이 무슨 고리에 묶인 것 같은 느낌을 받는다. 그런데 이번만은 다르다.

    썰물 때라는 말에 나는 조금 들뜬다. 물때를 잘못 잡았을 때는 파도로 넘실거리는 바닷가에 서서 좀 막막한 생각에 잠기곤 했었다. 풀릴 듯 풀리지 않는 생각 또한 내 안에서 빌빌거리며 나오지 않았다. 산과 들판의 이런저런 꽃나무 또한 꽃눈을 함부로 내보낼 수 없다며 빗장을 걸고 버티고 있어 보였다. 그런데 이번엔 우수 경칩도 지난 썰물 물때다.

    생각에는 생각의 체온, 꽃눈에는 꽃눈을 쓰다듬을 수 있는 체온이란 것이 있겠다. 그런데 나는 그걸 허술하게 생각하면서 풀리지 않는 생각을 함부로 뒤적거리며 서툴게 다룬 것 같다. 내 속에서 빙빙 뺑뺑이를 돌면서 풀릴 줄 모르는 생각이 얄밉기는 하다. 짓궂게 장난이라도 걸어오는 것 같은 느낌이 든다. 이런 때는 시치미를 떼면서 저만치 물러나야겠는데 조급하고 옹졸한 나는 애가 닳는다. 어떻게든 생각을 풀어 무슨 수로든 썰물을 보고자 한다.

하루는 또 서해안 바닷가에 선다. 바닷물이 보이지 않는다. 술래놀이처럼 바닷물은 개펄 속으로 몽땅 자취를 감춘 듯하다. 바닷물의 발자국을 찾아 나서는데 발자국조차 눈에 띄지 않는다. 개펄 속에 묻혀 찰진 개펄과 한몸이 된 듯하다. 바닷물을 다 빨아들인 개펄은 엉큼하게도 사막 놀이라도 하는 것 같다. 끈적거리는 썰물 개펄이다. 작은 게들이 기어 다니고 망둥어가 톡톡 튀는 개펄은 개펄 전체가 바닷물이 떠난 적막으로 범벅이 된 무변 사막이다. 발바닥에 걸린 모래알 같은 것이 여기저기서 일어서는 환상이 든다. 환상 속에 잠긴 환상의 오아시스 또한 어느 사구砂丘너머로 보이는 듯 아득하게 보이지 않는다. 나는 무슨 낙타 울음소리라도 지를 것 같은 느낌을 받는다. 해가 질까말까 개펄 끝에 걸리는데 발자국이 보이지 않는다고 아우성 같은 고함을 칠 것 같다. 고함 소리에 끌려 나오는 발자국 소리가 있을 것 같다. 바닷물이 벗어두고 간 입성이 개펄이 되어 끈적거린다는 생각에 잠긴 나를 측은한 눈으로 보는 느낌에 찬다.

끝을 가늠하기 어려운 개펄은 하릴없이 쓸쓸해 보인다. 그 쓸쓸함이 좋다. 오아시스 같은 구름 조각이 내 마음을 말하고 있다는 환상에 들뜬다. 제기랄! 나는 그 제기랄이라는 심정을 서투르나마 헤아리기로 한다. 생각의 손목을 잡아 생각이 순조롭게 풀리기를 염원한다. 개펄의 이마를 짚어주기로 한다. 끈적끈적 발바닥을 휘감는 개펄에서 온몸이 개펄에 닿아 뜨거워졌으면 싶다. 느긋하게 아름다운 개펄 아닌가. 그 개펄에 무슨 생각이라도 질겅질겅 끌어와 대필大筆로 쭉쭉 낙서처럼 휘갈기고 싶다. 아득하다 아득하다고 훈

수 들고 싶다. 무한정 뻗어가는 은근한 레가토legato라는 말이 떠오르는 것은 어쩔 수 없다. 이렇게 보고 있으니 동해안의 바닷물이 어쩌자고 뇌리에 떠오른다. 동해안의 파도는 해안을 물어뜯는 허연 이빨이 사나워 보인다. 그 기세가 당차게 우렁차다. 포효하는 짐승이다. 암벽에 몸을 부딪치면서 떠는 동해안의 파도를 소리로 치자면 탁탁 끊었다 놓는 스타카토staccato라고 말하고 싶다. 레가토는 여성스러운데 스타카토는 남성스럽다는 말을 할 수 있을 것 같다.

레가토와 스타카토의 어울림에서 웅숭깊은 음곡을 떠올릴 수 있는 건 뜻밖이다. 서해와 동해의 조화는 웅장한 한판 아악 마당 아닌가. 개펄이 발산하는 은은한 울림과 깊고 거친 듯한 파도 소리로 조화를 이룬 바다는 바다만이 아닌 웅대한 신전神殿, 숭엄한 제전祭典을 방불케 한다. 그윽하고 장엄한 울림소리를 하는 신전. 개펄이 있는 곳에 신전이 있다. 날카로운 이빨 같은 파도가 물어뜯는 바닷가 바위 끝에도 당당하고 오롯한 신전이 있지 않겠는가. 당堂이 있어야만 신전이라고 말할 수는 없다. 당이 있고 없고가 아니다. 우러러 기도하고 생각하는 곳이 신전이며 그 당이다. 개펄은 서해안의 신전이다. 덩달아 거친 파도 소리는 동해안의 신전이라고 말하고 싶다. 장엄미와 엄숙미의 절정인 신전. 장쾌한 자연의 질서이며 도저한 엄숙미와 그 아릿함이다.

끈적거리는 느낌으로 몸에 착 달라붙는 감성 짙은 서해안의 일몰은 슬프도록 아름답다. 그런 정서와 마주하고 있다. 해가 진다고 마음에서조차 지는 것은 아니라고 입속말을 하고 있다. 해는 저물어도 저물지 않는 해가 서해의 개펄 속에 잠겨 있다고 말하고 있다. 그렇게 말하는 것이 마음에 닿는다고 혼자만의 느낌을 말하고 있다. 풀리지 않던 매듭 또한 비로소 끈을 드러낸다고 말하고 있다. 말하는 소리를 듣고 있는 나는 지금 귀가 멍멍하다. 그러니까 멍멍한 귀로 듣고 느낀다. 먼 우렛소리 같은 개펄 소리는 어쩌면 역사 이전에서 오는 것이라고 그 아득함을 말하고 느낀다. 개펄이 아니었으면 들을 수 없는 소리를 감지하는 엄숙미에 들뜬다.

개펄을 볼 수 있는 곳에 오기를 잘 했다. 내 안에 잠겨 굳어있던 생각이 조금씩 풀리는 기미를 느낀다. 아주 오래전 언젠가 다녀간 서해안의 추억을 다시 떠올린다. 생각의 고는 아주 오래전부터 맺혀 있었던 것인지도 모른다. 그 오래전의 잠자리에서 파도가 울렁이는 소리를 들은 기억이 있다. 객수客愁는 아니었지만 그때의 파도소리를 희미하게나마 머릿속에 담고 있다. 잘 풀리지 않는 생각을 잘 풀리지 않는 그대로 간직하고 있는 셈이다. 너무 오래 되어서 희미하지만 희미한 것을 희미하게 간직하고 있다며 나는 속으로 말한다.

서해에서 개펄을 보고 비로소 서해를 보았다고 말할 수 있다. 진흙처럼 엉겼던 생각이 풀린다고 말할 수 있다. 침묵이며 영원한 적막의 어머니인 개펄, 보고 있어도 또 눈에 삼삼한 개펄이라고 말하는 내 안에 적립積立되는 개펄을 찬찬히 본다.

서해 개펄을 찾아 생각풀기를 하는 지금 끈적끈적한 개펄을 내 안에 짓이기고 있다.

농사꾼 이야기

말은 마음이라는 구조물에서 나온다. 그런 점 말은 그 말을 하는 사람의 마음이다. 말을 문자로 나타낸 문장은 이런저런 마음의 빛깔과 불가사의한 형태다.

지금 그런 생각이나 하고 있다. 마음에서 나온 말을 문자로 찍어붙이는 작업을 하고 있다. 마음이 흐트러질 때 문장이 흐트러지고 찌그러진다. 이런 때는 뜬금없이 딴청을 부리고 싶다. 맞은편 자리에 앉은 사람의 구두코가 눈에 들어온다. 반질거린다. 집에서 나올 때 손질을 하고 새 구두처럼 보이고자 노력한 것 같다. 자상한 주인을 만난 것을 행운으로 여기는 구두인지도 모른다. 사람의 됨됨이는 신발에서 볼 수 있다는 말을 들은 적도 있다. 내 됨됨이란 것은 뻔하다. 언제 구두에 약을 먹인지도 모르게 먼지가 앉아 부옇다. 내 게으름을 구두가 말하는 것 같다. 발을 옹그릴 생각을 한다. 그렇다고 구두를 감출 수는 없다.

게으른 소갈머리를 들켜본들 그게 그것인 보잘 것 없는 뻔한 소갈머리다. 싱겁지만 그렇다. 그렇다고 말하는 나는 내 생각이 좁쌀알처럼 형편없이 작고 보잘 것 없다는 것을 안다. 나는 스스로를 잘 안다고 기어 들어가는 소리를 한다.

좁은 생각으로 쓰고 있는 이 글의 방향 또한 좁고 가늘다. 활달한 것을 모르는 나는 사방팔방이라는 말을 둔감하게도 모른다. 모르면 편하다는 말이 떠오르고 하나면 하나밖에 모른다. 아는 척할 일이 없으니 그나마 그런대로라는 어쭙잖은 말을 속으로 한다.

어느 지인은 몸속에 치명적인 혹이 있다는 진단 결과를 보고 서둘러 수술대에 올랐다. 수술받는 일이 힘에 겨웠든지 수술받은 후 며칠을 견디지 못하고 세상을 떠나고 말았다. 아는 것이 병이라는 말이 그 지인의 주검에 꼬리표처럼 따라붙었다. 지금 나는 치명적이라는 말을 하고 그 말을 문장으로 쓰고 있다. 문장이 수술대에 오르는 경우도 있다. 필화 사건이란 것이 그렇다. 아 다르고 어 다른 세상에서 아와 어가 혼돈되는 경우도 어쩌다 있다.

세 치 혀라고 한다. 세 치 혀를 받아쓰는 문장은 세 치 문장이다. 세 치가 되지 않으려고 나는 마음속에 든 생각을 길어 올리고 그 생각을 걸러내고 다시 쓴다. 쓴 다음에 다시 걸러낸다. 걸러내고 쓰다듬는다. 어디로 가고 있는지 모르는 세상에서 어디로 가고 있다는 방향을 쓴다. 알쏭달쏭하다는 생각을 하면서 쓴다. 생각의 방향 지시기에도 때로 오류가 있다. 그러면 고장이라고 쓴다. 고장 아닌 것처럼은 쓰지 않는다.

수필은 말하나 마나 마음의 거울이다. 쓴 글을 거울에 비추어 본다. 이러이러한 것은 맞고 이러이러한 것은 틀리다고 말하는 업경業鏡이나 다름없는 거울 앞에 빌빌거리듯 선다. 거짓이 아닌, 꾸밈이 아닌, 허구가 아닌 글이 수필이라는 말을 거울이 한다. 가령 아는 아고, 어는 어여야 한다고 타이르는 거울 앞에 선다. 그런데 문제는 있다. 아를 또 다른 아로 보고 이해하고 말하고 싶다. 어인들 다를 바 없다. 아를 가령 어라고 단정할 경우 아를 잘못 알고 있거나 아의 속내를 속이는 셈이 된다. 허위를 허위 아닌 것처럼 떠벌린다면 수필 아닌 다른 무엇이다. 다른 무엇으로도 좀처럼 끼어들지 못하는 떠돌이 신세가 된다. 떠돌이는 왕따다. 왕따 당하지 않으려고 나는 생각하고 쓴다. 생각하는 것을 생각하고 쓰는 것을 쓴다. 보는 그대로 쓴다. 그런데 보는 그대로가 문제다. 어떻게 보고 어떻게 생겼나를 생각하는 나는 바위덩어리에서 한 채 초가를 본다. 초가에 살고 있는 늙은 부부를 본다.

나는 지금 수필을 쓰고 있다. 보고 느끼고 듣는 그대로를 쓰고 있다. 바위가 초가라니 이건 진실 아니라고 누가 우기더라도 나름의 고집을 피우면서 쓴다. 그렇다고 터무니없이 고집부리는 것은 아니다. 대상 보기에서 외통수를 두는 나는 따지고 보면 서글픈 외톨이다. 왕따 감이다. 왕따를 즐기면서 쓴다. 지금 그렇다. 쓴다는 것을 쓴다. 통쾌한 마음을 쓴다. 말할 나위도 없이 수필가는 마음을 대필하는 직업인이다. 마음이 이렇고 저렇고 눈에 보이지 않는 마음을 찾아 쓰다듬는 탐험가다. 마음[心]에 생각[思]이라는 밭뙈기를 가꾸는 농사꾼이다.

나는 나라고 일컫는 기표를 가지고 쓴다. 정직하고 진솔한 마음을 쓴다. 해가 기우는지 사방이 어둑어둑하다고 쓴다. 그런 상태가 눈에 들어온다고 쓴다.

주말엔 비가 오리라는 일기예보를 듣는다.

가파른 푸새

벽에 액자 하나가 걸려 있다. 채색이 아닌 먹그림 액자다. 밋밋한 나무 한 그루가 서 있고 암석으로 구성된 낮은 산등성이는 나무의 지킴이처럼 배경처럼 떡 버티고 섰다.

나무는 산기슭으로 가지 못하고 들판 발치에 혼자 서 있다. 혼자라는 말을 하는 나 역시 혼자다. 혼자는 혼자끼리 즐겁다고 말하면 어떨까 싶다. 혼자는 혼자라야만 존재 가치가 있을 것이란 말이 입술 밖으로 나올 듯하다. 그림을 그리던 화가도 당연히 혼자였을 것이다. 화가는 혼자라는 쓸쓸함과 한적함 같은 마음의 바닥을 나타내고자 붓을 대었을 것이다. 혼자는 쓸쓸함이 아닌 호젓한 고독미라고 우기고 있었을 것이다. 그 고독미가 승화된 그림이라는 생각을 잠깐 한다.

그림을 보고 있으니 그림 속으로 젖어드는 듯한 나를 본다. 혼자 서 있는 나무는 떠돌이처럼 혼자 그림을 보는 나를 닮아 있다. 부러진 가지와 날아가 버린 잎사귀와 날아가 버린 까치 둥지는 추위에 떠는 나를 닮았다고 괜히 무엇을 아는 척 혼잣말을 떠벌린다.

그림은 나를 생각하라고 벽에 걸린 듯하다. 지피지기知彼知己라는 말이 하필 입에서 터진다. 나를 모르고 엄벙덤벙 설치고 다닌 어처구니를 부끄러워하라고 하는 그림이다. 생각하는 사람이 되라고 타이르는 그림이다. 아무 생각 없이 엄벙덤벙 살아온 날을 돌아보라고 말하는 소리를 그림에서 듣는다. 벽에 기대선 채 멍하니 먼 곳을 바라보던 때가 그림 속에 뜬다. 무슨 노래인가를 부르던 때도 있다. 빈 앞산이나 바라보며 혼자만의 요령 없는 노래를 불렀던 나는 그다지 이유도 없이 쓸쓸했을 것이다. 벽이 나를 다독거렸을 것이다. 내가 기댈 수 있는 곳이 다만 벽이라는 생각이 들던 때였지 싶다. 벽이 아니면 아무 것에도 기댈 수 없는 혼자만의 세월이었지 싶다.

벽에 걸린 그림을 보는 것은 물으나마나 나를 보는 것이다. 내 초상화 같은 그림이다. 나는 내 초상화를 눈으로 쓰다듬는다. 내 속에 남아 있는 쓸쓸한 기운을 다독거리고 싶다. 쓸쓸함은 내 살과 뼈에 점박이처럼 박힌 무엇이라고

그림이 걸린 벽을 쓰다듬는다. 벽이 있어서 그림이 걸릴 수 있다. 그런데 나에게는 나를 걸어둘 벽이 없다. 없다는 것은 비어 있다는 뜻이다. 벽이 없고 황야 같은 빈 바람 소리만 있다. 아하, 바람이라도 있으니 그나마 다행이라고 실없는 소리를 한다. '황야의 무법자'인가 하는 영화 제목을 길 가다가 읽은 적이 있다. 권총을 뽑아 허공 높이 치켜들고 말을 타고 달리는 그림은 어떤 호기심보다는 소심한 나를 더욱 겁먹게 했다.

거기 비하면 한 그루 나무와 나무 뒤에 서 있는 산은 서로서로의 다정한 친구 같다. 나무는 산을 그리워하고 산은 그런 나무를 껴안으려 한다. 동고동락同苦同樂하는 분위기다. 남이 잘 되는 모양새를

시기 질투하는 세간 분위기에서 그림은 자숙自肅하라, 자계自戒하라고 타이르는 분위기 같다. 그렇다고 그림에만 기대고 있을 수는 없다.

어디론가 이동해야 한다. 생각의 길을 달리해 보자는 얄팍한 의도에 나는 끌린다. 한자리에 죽치고 있을 경우 그 생각이 그 생각으로 굳어버릴 염려도 있다. 황당한 소견이지만 생각의 황야를 찾아나서는 것도 좋을 것이다. 그런데 어디로 어떻게 이동하겠다는 생각 같은 것은 미처 알지 못한다. 생각이 얕은 나는 생각 없는 생각 속에서 따분하다. 따분함을 지우려고 지금 또 다른 생각의 실마리를 풀어내는 나를 본다.

무슨 뾰족한 계획이란 것을 세워본 적도 없다. 무엇을 해야겠다는 어리벙벙한 선만 그었을 뿐 그걸 다부지게 실천하지 못하고 있다. 더 따분한 것은 그 선이 어떤 것인지도 구체적으로 아는 바도 드물다. 선先은 이렇고 후後는 이렇고 하는 질서를 모르는 나는 서론이니 본론이니 결론이니 하는 끈을 그다지 염두에 두지 않는다. 그런 것과는 거리가 멀다고 스스로 깨닫고 어렴풋이 인정한다.

터무니없는 노릇이지만 지금 앞뒤를 생각하지 않고 쓰고 있다. 모르는 것이 약이라는 말을 믿는 것은 아니다. 하지만 믿어도 된다는 생각을 지금 한다. 계획이란 것을 세우고 뭘 한다면 그 계획을 이행하느라 고달플 것이다. 묶일 것이다. 계획은 어김없어야 한다는 구호에 걸려 계획의 노예가 될 것이다.

어디로 움직일 생각을 하는 나는 한 걸음도 올바르게 움직이지 못하고 발이 묶인다. 갈 곳이 그다지 없는 나는 다시 벽에 걸린 그림에나 눈을 팔까도 싶다. 그림 속 나무가 되거나 나무의 배경이 되거나 하는 것이 그나마 속 편하고 순조로울 것 같다.

나는 지금 순조롭다는 말을 하면서 그다지 순조롭지 못한 말을 잇고 있다. 이 또한 따분한 노릇이다. 따분한 날을 살면서 따분하지 않은 척 능청 떠는 마음이 부끄럽다.

벽 이벤트

벽이 하얗다. 이런저런 낙서라도 문지르고 싶은 강한 충동이 인다. 백색은 순결 순수일 것인데 거기 대한 어떤 저항감을 갖고 있는지도 모른다.

심심할 것 같은 벽이다. 투명한 벽은 내 생각을 그대로 받아들일 것만 같다. 형식에 묶이지 않은 자유로운 상상을 낙서하듯 풀어보라고 하는 벽이 아니겠나.

무엇이 어떻게 떠오르나 하는 마음으로 다시 벽을 본다. 벽 외는 달리 볼 것이 없는 것은 물론 아니다. 그런데 나는 벽만 보고 벽에서 떠오를 어떤 그림을 생각한다. 그것은 이중섭일지도 모른다. 에드바르트 뭉크의 붉은 절규인지도 모른다. 이런 기회는 흔한 일은 아니다. 기회는 어디에나 있는 것 같지만 전혀 오지 않는 경우도 있지 않는가.

그림 몇 점이 걸려 있었을 벽이다. 그런데 집 주인은 그걸 다 걷어내고 하얀 벽면만 남겨두었다. 자리를 함께 한 사람들과의 대화도 좋지만 벽과 이야기를 나누는 일이 더 보람 있는 일이겠다는 생각이 든다. 벽면을 응시한다. 보고 느끼고 생각하라고 하는 것 같은 벽이다. 그러면 무엇이 어렴풋이 떠오를 것이라고 은근히 타이르는 느낌이 든다. 끈끈한 물감을 확 던져 뿌리고 싶다. 물감을 뒤집어쓴 벽이 한 폭 거대한 추상화로 나타날 것이다. 머드축제를 하는 갯벌이 떠오른다.

모든 침묵이 그 허울을 벗어던지고 질서도 없이 난무하는 느낌이 드는 벽이다. 폭풍에 시달린 억새밭 환상 위로 미국의 화가 잭슨 폴록의 그림이 뜬다. 무질서 속의 아름다움을 포착하는 안목을 나는 사랑한다. 혼잡은 혼잡만이 아닌 웅숭깊은 혼잡미를 읽게 한다.

다소 혼란스런 환상에 떠 있다가 눈을 돌리면 목가적인 분위기가 갑자기 나타난다. 하얀 벽은 요랬다조랬다 좌충우돌하는 생각의 틈새에 나를 놀게 한다. 그런 생각도 그다지 나쁘지 않다며 자위한다. 생각의 갈피라는 것은 어느 한 가지에만 묶여 있을 수 없다. 금방 천리 밖에 놀다가 되돌아오는 생각의 회오리도 있지 않은가.

흰 벽을 흰 벽으로만 볼 수 없는 무엇이 있다. 자리를 함께한 사람들이 노닥거리는 수다를 문자로 엮어 하얀 벽에 벅벅 문질러 보기로 한다. 순간 짧은 시 한 구절이 시화전처럼 걸리는 환상에 뜬다. 그런데 나는 그것을 미처 읽을 수가 없다. 노닥거리는 수다를 듣고 있으니 수필 한 구절이 떠오르기도 한다. 그것을 벽면이 받아 적는 것 같다.

강물이 바다와 섞이는 것을 본다. 강물을 받아먹은 바다는 너울거리는 날갯짓을 한다. 만족스럽다는 마음을 나타내는 파도의 군무群舞. 바다에 이르러 바다와 한몸이 된 강물도 바다와 어울려 너울거리는 군무를 춘다.

이렇게 하얀 벽면을 읽고 있으니 마음에 새로운 빛깔이 인다. 나는 그 빛깔을 너울거리는 구름 속에 다시 본다. 하늘의 파랑과 어울린 하얀 구름이 연출하는 매스 게임은 웅장하다. 하얀 벽면에서 이런 영상을 떠올리는 눈에 군마도群馬圖가 비치는 것 또한 뜻밖이다. 청초 이석우 화백의 그림이 떠오른다. 어느 화랑의 전시회에서 본 것 같은 그 그림이 떠오르는 것도 다소 뜻밖이다.

영상이라는 것은 어느 한자리에만 묶이지 않는다. 그것을 영상의 이동성이라고 말하고 싶다. 금방 이것인가 하면 저것으로 순간이동을 하는 영상이라는 것은 실은 생각 속에서 태어나는 나름대로의 형상 아닌가. 하기에 생각 속에 영상이 있고 영상 속에 생각이 있다는 말을 하고 싶다.

하얀 벽면에서 나는 말 수십 필이 휙휙 달리는 발굽 소리를 듣는다. 질풍처럼 쓸리는 갈퀴와 발굽 아래 튀어 오르는 먼지를 본다.

어쩐지 좀 어지러웠다

　무엇인가 쓰고 싶다. 그런데 무엇을 쓰고 싶은지 막연하다. 쓰고 싶다는 생각만으로 무엇이 되는 것도 아니다. 그럼에도 무엇인가 써야겠다고 그다지 조리도 없는 생각을 한다.

　이런 때는 주위를 둘러보는 버릇이 있다. 지금 앉아 있는 좁은 방 안에는 컴퓨터 책상과 몇 권의 책과 액자 하나가 덜렁 벽에 걸려 있을 뿐이다. 액자 속에는 조영조 서예가의 솜씨로 된 목재수필牧齋隨筆이라는 전서체 글씨가 들어 있다. 오래전에 유명을 달리한 조영조 서예가는 내 호를 목재라 불러주고 낙관으로 쓸 인장을 스스로 새겨 나에게 준 적이 있다. 액자와는 좀 거리를 두고 낡은 시계가 걸려 있다. 한 오륙 년 전 재활용 수집소에서 주워온 시계다. 꼬박 꼬박 시간을 알려주는 시계는 나를 고마워하는 것 같다. 나는 되레 시계를 고마워한다. 서로 고맙다고 말하는 처지는 서로 고마움으로 뿌듯하다.

　지금 나는 눈에 나타나는 것만 보고 말하고 있을 뿐이다. 가령 액자 속으로 들어가거나 시계 속으로 들어가면 더 깊은 이야기도 있을 것이다. 그런데 나는 지금 깊은 이야기 같은 걸 생각하지 못하고 있다. 날이 무더워서일까. 무더위에 찌든 머리는 찡하는 어떤 강한 신호를 받고 있는 듯하다. 그 신호가 머리를 꽉 눌러대는 느낌이 든다. 무더위는 다른 아무것도 생각하지 말고 오직 더위만 생각하라고 일방적인 채찍질을 하는 것 같다.

그래서인지 달리 무엇을 깊이 보거나 생각할 엄두를 내지 않는다. 나는 지금 않는다에 대해서 은근히 밑줄을 긋고 있다. 않겠다고는 말하지 않는다. 않는다와 않겠다를 두고 생각하다가 그마저 다 잊어먹기로 한다. 좀 먼 이야기지만 잊어버려라 하고 나를 타이르던 목소리의 여운은 지금도 아릿하게 남아 있다. 누가 그렇게 타일렀는지 분명하지는 않다.

그와 나와의 거리가 이승과 저승 사이의 거리라고 생각할 때 많이 아팠다. 가슴이 찢어진다는 경험을 그때 했다. 그 아픈 멍울도 세월이 흐르자 그냥 그런 것으로 흐지부지 사라졌다. 마음이 텅 빈 상태는 마음을 백지로 도배한 것이라는 느낌을 받는다. 백지는 침묵 상태 아닌가. 나 자신에 대해서 아무 말도 할 수 없다는 것을 뼈 아프게 깨닫는다.

침묵은 빈 그릇 같은 것이라고 어렴풋이 짐작하는 날이 많다. 그릇에 무엇을 담을까 하고 고심할 일은 아니다. 지나가는 시간이 그릇에 절로 고이기 때문이다. 그 시간은 바람이거나 누군가의 말소리일 수도 있다. 어느 날은 과일이 소복소복 담길 것이다. 향긋한 향기를 담은 그릇을 보는 날도 있을 것이다. 빈 그릇은 웅숭깊은 향기의 샘이라고 이별의 아픔은 까맣게 잊고 말할 것이다.

빈 것의 아름다움이란 말을 흔히 듣는다. 그런데 거슬러 생각하면 나는 빈 그릇에 무엇인가로 채우고자 허겁지겁 애를 썼다. 벽이라고 다를 것은 없다. 이런저런 무엇을 걸고자 알맞은 벽면을 더듬으며 생각을 꽂는다. 책꽂이에도 빈 칸을 찾아 이런저런 책을 꽂아놓고 혼자 대견해 한다. 허욕이 많았다.

무엇인가 쓰고 싶다는 생각 또한 일종의 허욕이다. 하심下心이라는 말을 생각한다. 착着을 내려놓아야 한다는 말을 또 입속말에 담는다. 그런 생각을 하면 아무것도 하지 않아도 좋을 것이다. 그런데 나는 벽을 못살게 하고 책꽂이 또한 힘들게 하는 말썽꾸러기다. 이런 나를 아내도 가끔 핀잔을 준다. 벽에 함부로 못을 치거나 걸려고하지 마라, 책도 좀 정리하여 필요한 사람에게 보내거나 도서관에 기증하는 것이 좋을 것이라고. 그런데 내 책에 손을 내미는 어느 누구도 없을 것 같다. 도서관 또한 책이 넘치는 시대라며 손사래 치는 경우를 당한 적이 있다. 그때 나는 시집과 수필집을 갖고 어느 도서관을 찾았다. 담당자의 얼굴에서 내색은 하지 않았지만 떨떠름한 인상을 읽을 수 있었다.

차라리 분서焚書가 좋을 것이다. 진시왕도 아니면서 이런 맹랑한 생각이 드는 경우도 있다. 하기야 굳이 그런 경우가 아니더라도 책은 재활용이라는 이름 아래 종이로 다시 태어나서 또 다른 책이 되거나 무슨 쓰임새로 쓰일 수도 있다. 이런 경우 나는 생각의 재활용이라는 말을 떠올리기도 한다. 세계는 재활용되면서 더 새로워지는 것이 아닐까.

지금 쓰는 이 문장도 어제 쓴 문장의 재활용품인지도 모른다. 방안을 여기저기 살피는 나는 어제의 생각자궁에서 태어나는 오늘의 생각을 쓰고 있는 셈이다. 그래서인지 어제 오늘 내일이라는 생각의 바퀴에서 제자리걸음 하듯 빙빙 돌고 있는 나를 본다.

어쩐지 좀 어지러웠다.

산그늘에 묻힌 달력

오늘 아침이라고 쓴다. 어둠은 아직 사라질까 말까 엉거주춤한 상태다. 여명黎明이라는 말이 딱 들어맞을지도 모른다.

동트는 밝음이라고 쓰는데 여명이라고 하는 쪽이 더 어울릴 것 같다. 어둠과 밝음 틈새에 끼어있는 여명은 새벽의 징검다리 같다. 그처럼 이가 잘 맞지 않는 소리를 한다. 가만히 있는 새벽을 두고 이리저리 입에 올리는 부질없는 짓이다.

지금 징검다리쯤에 서 있다고 쓴다. 다리를 지나 훤히 새는 밝음 쪽으로 갈 것이다. 아침이 나를 기다리고 있다고 속으로 쓴다. 아침을 열고 들어가서 달력에 우선 눈을 팔 것이다. 별나게 하는 일도 없이 오늘은 며칠, 지금은 몇 시인지 괜히 궁금하다.

달력 어느 날짜는 난분에 물을 주어야 한다고 달랑 적혀 있다. 물을 주는 시기를 잘못 짚어 난을 죽인 적이 한두 번이 아니다. 한가한 달력 속에 그런 기록만이라도 할 수 있어 다행이라며 없는 거드름을 피운다. 지루해하는 달력에 미안하여 침소봉대針小棒大하듯이 별것도 아닌 날을 무슨 큰 행사나 되는 것처럼 커다랗게 적는 날도 있다. 달력은 뜻밖에 그런 내 행동을 꼬박꼬박 잘 받아준다. 달력도 때로 할 일이 생겼다는 거드름을 피우는지 배를 쓱 내미는 시늉이 보인다.

오늘 아침이라고 쓰고 그럴만한 별다른 일은 없다. 그냥 낙서처럼 그렇게 써 본 것이다. 부질없는 노릇이다. 내일 아침이라고 쓸까도 싶다. 아니 어제 아침이라고 고쳐 쓰면 어떨까. 그러나 이건 장난이 좀 심하다. 오늘이든 내일이든 아침은 아침이다. 그다지 변화 없는 판박이 같은 날의 연속이 은근히 지루했던 처지는 아침이라는 말에서 벗어나기로 한다. 그럼 낮이라고 쓸까. 아니 저녁이라면 어떨까.

오락가락이다. 좀 의젓하게 놀아야겠다며 나잇값을 생각한다. 나이란 것이 걸림돌이 되는 때가 한두 번이 아니다. 무슨 모임에 어쩔 수 없이 얼굴을 내밀 때다. 저 나이에 무엇을 하고자, 혹 이런 입말이 귀에 걸리는 느낌이 들어 조심스럽다. 앉을 자리 설 자리에 마음이 쓰인다. 그런 신경 쓰면서 왜 나가느냐는 내 안의 소리가 은근히 옆구리를 친다. 앉아도 탈, 서도 탈이다. 가도 탈, 안가도 탈이다. 말이 많으면 많아서 탈, 말이 없으면 없어서 탈이다.

좀 처신머리 있게 놀아야겠다며 무게에 대해서 생각하는데 이 또한 여간 까다로운 것이 아니다. 무게가 어떻게 생겼는지 짐작되지 않는다. 은연자중隱然自重 속에 무게란 것이 들어 있을까. 수신 교과서 같은 책이 그런 것인지 모른다. 생각의 깊이란 것이 혹 도우미가 되는지 책꽂이에 꽂아둔 철학이니 심리학이니 미학이니 하는 것에 마음이 촐랑거린다.

공자 왈 맹자 왈 속에는 말 그대로 수신하는 길에 도우미가 되는 좋은 구절이 줄줄이 엮여 있다. 획수가 많은 한자처럼 은근한 무게를 갖고 있어 보인다. 그렇다고 획수가 단순한 한글에 무게가 없다면 말도 아닌 터무니없는 생각이다. 무게를 글자의 획수가 복잡하고 단순하다로 따지는 우는 범하지 말아야한다. 문장에 뜻이 있고 깊이와 무게가 있다는 것은 줄줄이 다 꿰는 세상이다. 하루라도 선善을 생각하지 않으면 온갖 악惡의 뿌리가 자란다고 장자는 말한다. 뿌리 깊은 나무는 바람을 이겨 아름다운 꽃을 매달고 좋은 열매를 거둘 수 있다고 「용비어천가」는 타이른다.

오늘 아침이라고 쓴 처지는 오늘 아침에 머물러 있다. 말이 씨가 된다는데 아침에만 머물러 있는 무위도식이나 다름없는 시간이다. 그래 또 달력에 눈을 주는데 산그늘이 내려온 밭둑에 한 노인이 앉아 있는 그림이 보인다. 노인이 산그늘을 찾아간 것인지 산그늘이 노인을 찾아 내려온 것인지 노인과 산그늘이 함께 있다. 노인은 농사 생각을 하는 것 같다. 산그늘 또한 밭둑에 앉아 노인의 생각에 고개를 끄떡이며 뜻을 맞추고 있을 성 싶다.

자동차가 꽁지를 물고 달리는 도시의 산그늘은 자동차 바퀴가 밟고 간다. 그게 산그늘인지 아닌지 전혀 생각하지도 않는다. 자동차에 걸린 산그늘은 자동차 그늘이다.

노인이 꼼짝하지 않는 것으로 보아 산그늘이 제법 깊은 것 같다. 동굴 속처럼 우렁우렁 웅얼거리는 소리를 듣고 있을 것이란 생각이 든다. 산그늘에도 귀가 있고 입이 있고 깊이가 있다는 말을 뜬금없이 한다.

그런데 도시의 산그늘은 도시의 소음에 걸려 언제 내려왔는지 기

척이 없다. 없는 가운데 산그늘은 왔다가 사라진다. 달력 속에서 산
그늘을 본다는 것은 어쩌면 나를 보는 것이다. 어쩌다 나뭇잎 바스
락거리는 소리를 듣는다. 하루가 지나가는 소리가 나뭇잎에 있다.
도시에서는 들을 수 없는 소리가 달력에 있어 고마운 일이다.

어쩌다 산그늘에 밟히는 가을 소리를 듣는 날이 있다.

서툴게 살며

무언가 써야겠다고 컴퓨터 앞에 앉는데 집 앞 찻길에 차가 지나간다. 차가 지나간다고 쓸까 하다가 말머리를 바꾼다. 무언가 써야겠다고 생각한 것이 실은 무엇이었는지 모른다.

조금 전에 옥타비오 파스를 읽었다. 파스는 무슨 영감인가를 나에게 준 것 같다. 그런데 정작 컴퓨터 앞에 앉으니 어떤 영감이었는지 전혀 감이 잡히지 않는다. 잡히지 않는다고 쓸까 하는데 이 또한 싱거운 노릇이다. 그래 이번엔 집 앞 찻길에 지나간 차를 두고 무슨 구절인가 쓸 생각을 하는데 그마저 길이 잡히지 않는다. 차가 사라졌기 때문만은 아니다.

어쩌면 나는 빈 깡통이나 다름없다는 생각을 한다. 내용이 없는 깡통은 발에 차인다. 떼굴떼굴 굴러가다가 어느 모퉁이에서 찌그러진다. 어릴 때 차버린 깡통이 새삼 떠오르는 것은 이상할 것도 없다. 그렇다고 지금 깡통에 대한 글을 쓸 생각은 없다.

집 앞 찻길에 차가 다시 지나간다. 조금 전에 지나간 차는 아닐 것이다. 그것은 정확하다. 차의 크기로 보아서 그걸 안다. 그런 점 나는 제법 똑똑하다. 그래서 나는 아닐 것이다가 아닌 '아니다'라고 딱 잡아떼는 문장을 쓴다. 하기야 맞든 그르든 이 글과는 그다지 상관이 없다. 늘품 수라곤 전혀 없는 말놀이를 하고 있다.

벚꽃이 환한 봄날 아닌가. 이런 때는 웬만한 일은 다 접어두고 일단 벚꽃 놀이라도 가는 것이 그럴싸하겠다. 그런데 방에 틀어박혀 이런 쓸모없는 생각이나 문장 속에 끼우고 있다. 하지만 지루하다거나 따분하다거나 하는 생각은 전혀 하지 않는다. 감성이 무딘 탓이겠다. 아니 세상을 모르는 탓이겠다. 이런 두 개의 '탓'을 무슨 자랑거리처럼 늘어놓고 있는데 환한 날씨에 문득 눈이 부실 지경이다.

하지만 날씨는 날씨고 나는 나다. 날씨에 홀려 갑작스레 어디로 나선 기억은 최근에 거의 없다. 생각해 보면 날씨는 어떤 요부인지도 모른다. 한쪽 눈을 지그시 감은 듯 뜨는 윙크 같은 것으로 나를 홀리는지도 모른다. 아서라. 나는 뭣 좀 점잔을 부리는 척 헛기침이라도 한다. 실은 그런 처신은 물론 아니다.

아무래도 어디 좀 산책이라도 해 볼까. 조금 전에 차가 지나간 길을 따라가면 벚꽃나무 몇 그루가 있다는 것을 안다. 그쪽으로 걸음을 옮겨도 좋을 것이다.

기특하다. 이런 때는 스스로를 추켜세워도 그다지 허물은 잡히지 않을 것 같다. 잘난 구석이라곤 눈 닦고 보아도 없는 처지다. 컴퓨터 앞에 앉아 있는 것 말고 아내는 나를 완전 무능력자로 알고 있다. 남자가 요리를 할 줄 알아야 기를 펴고 살 수 있다는 남비여존 男卑女尊의 세상인데 기껏해야 라면이나 겨우 끓이는 수준이다.

젊은 때는 아내 앞에 없는 호기를 부리기도 했었다. 그런데 밖에 나가서 하는 일이 끊어지자 별 볼 일 없는 남자로 전락하고 말았다. 안주인이라고 불리는 아내에 비하면 남자는 당연히 바깥주인이다. 밖에 나가서 집에 도움이 될 일을 하는 것이 남자가 할 소임이다. 그런데 밖에 나가서 일할 처지가 되지 못하자 삼식三食(세 끼니를 집에서 꼬박꼬박 챙긴다는 말)이니 뭐니 하는 세간에 떠도는 속어의 주인공이나 다름없게 되고 말았다.

인생에서 성공했다는 말은 추수동장秋收冬藏의 결과를 두고 하는 수식어겠다. 팔팔한 시기에 하던 일을 얼마나 어떻게 걷어 들였느냐는 결과는 일을 손에서 뗀 다음에 나온다. 그런 점 나는 멍청하다. 내 무능을 찍어낸 아내의 말에 고스란히 고개를 숙일 수 밖에.

그런데 방 안에 혼자 있으니 내가 제일 똑똑하다는 생각이 들어 피식 웃는다. 늘 쭈그려 있을 수만은 없지 않은가. 수필을 써도 가장 잘 쓴다는 터무니없는 망발이 무엇엔가 반발하는 기세를 세운다. 하기야 이런 생각조차 없으면 무슨 재미로 글을 쓰겠나. 그런데 밖에 나서면 나는 또 위축되어 저 사람처럼 써야지 하는 부러움을 가득 안고 돌아온다. 그런 점 글을 쓴다는 것은 망발과 부러움의 주파수를 타는 일이겠다.

누가 전화를 하는 것 같다. 내 휴대폰의 음색이다. 그런데 어디서 전화가 울리는지 얼른 감을 잡을 수가 없다. 바깥나들이에서 돌아오면 전화를 챙겨 거실에 두거나 자판기 곁에 두라는 아내의 말을 예사로 듣고 사는 결과이다. 벨 소리가 계속 울리는데 전화기를 찾을 수가 없다. 나는 전화기 찾는 것을 포기하고 쓰던 글에나 계속 매달린다. 휴대폰을 어디에 두었는지 몰라 전화를 받지 못하는 나는 아내의 핀잔을 들어 싸다. 글에서나 무엇에서나 남의 핀잔이나 들으면서 살아온 것 같다.

사랑받기 위해서 산다는 말은 아름답고 달콤하다. 하지만 그 말은 오르지 못하는 아득한 산봉우리다. 고개를 치켜들고 나는 '사랑받기 위해서'라는 말의 산봉우리를 마음으로만 거듭 새기며 오르내리고 있다.

멍청아!

어쩔 것인가, 더위야

덥다는 말을 할수록 더위는 더 악착같이 지근지근 몸에 달라붙는다. 생각을 바꾸면 어떨까 하고 마음에도 없는 시원하다는 말을 한다. 그렇게 약은 꼼수를 부리는데 더위가 그런 심보를 모를 까닭이 없다. 맛 좀 보라는 듯 이번에는 불볕을 달궈 찜통처럼 퍼붓는다.

창문을 활짝 여는데 따끔따끔한 불볕 덩어리가 잘 달군 불판처럼 얼굴에 확 달려든다. 두꺼운 불판을 식히고자 선풍기 앞에 덜렁 앉는다. 선풍기도 지쳐 있기는 마찬가지다. 후텁지근한 바람을 토하는 선풍기도 더위를 이기지 못한다 .

에어컨 쪽으로 눈을 돌리는데 조금만 참자는 생각이 내 안에서 튀어나온다. 냉방병이란 말이 떠올라서가 아니다. 에어컨 중독은 여름을 여름 같지 않게 하는 일종의 계절 상실증에 걸릴 수 있겠다며 일단은 더 두고 보자는 쪽으로 약은 계산을 굳힌다. 그런데 이건 시원찮은 변명이다. 따지고 보면 부쩍 오른 전기 요금 영수증이 더위보다 훨씬 마음을 뜨겁게 한다.

어느 신도는 목에 건 그 종교의 상징물이 악한 시험에서 구제되는 증표라고 했다. 그렇게 보면 거실 한쪽에 떡 버티고 선 에어컨은 더위 퇴치를 위한 상징물일 수 있겠다. 더위란 놈이 슬금슬금 거실 안으로 들어서려다가 그만 줄행랑을 치리라는 생각이 든 것도 사실이다. 어떤 관공서는 정문에 떡 버티고 선 수위들이 출입을 제한하는 일을 했다. 함부로 드나들 수 없는 이유 뒤편에는 차단기나 다름없는 체격이 당당한 수위라는 인물이 버티고 있다.

어디서 무슨 공사를 하는지 덜커덩거리는 소리, 찍찍거리는 소리가 거듭 들린다. 일꾼들은 일에 묻혀 불붙는 대낮도 모르는 것 같다. 집 안에 들앉아 이런저런 더위 타령을 하는 나는 안일한 호사나 누리고자 하는 약보나 다름없다. 삶을 위한 치열한 전선戰線이라는 말은 더위를 모르는 일꾼에게나 해당되는 것 같다.

어쩔 것인가. 나는 지금 더위의 사열대에 올라서서 더위야 어서 물러가라며 송별사나 마음으로 쓰고 있다.

나무는 종일 불볕 아래 서 있다. 이따금 몸을 앞뒤로 가볍게 흔들 뿐, 서 있는 자리에서 한 걸음도 옮길 궁리를 하지 않는다.

태어난 고장에서 한 생을 살다가 가는 사람도 있다. 그런 사람을 나무인간형이라고 말하고 싶다. 동서남북 사방으로 뿌리를 뻗되 그 줄기는 태어난 곳에서 떠나지 않는 나무 같은 사람. 못난 나무가 산을 지킨다 하고 못난 장남이 봉제사한다고 들었다. 못난 자식이 부모를 섬긴다고도 들었다.

그러고 보면 나는 잘난 자식이다. 일찍이 슬하를 떠나 타관바람에 요령도 없이 입에 풀칠하며 살았다. 부모의 임종마저 지키지 못한 잘난 자식이다. 아버지가 임종하셨다는 소식을 들었을 때는 이미 하루가 지난 다음이었다. 휴대폰은 물론 전화기마저 귀하던 때라는 것은 어설픈 변명에 지나지 않는다. 잘난 자식의 귀는 늘 깜깜하게 닫혀 있었다. 잘난 자식의 생각은 늘 뒷북이나 친다.

불볕 아래 종일 나무가 서 있다. 나무는 하늘을 받드는 선지자先知者다. 하늘에게로 향한 집념은 불볕을 어떻다 하지 않는다. 칼날처럼 매서운 엄동설한에도 그랬다. 나무와 같은 일념으로 살고 싶었다. 그러나 말만 번드레하게 내세울 뿐 조금 더우면 선풍기를 확 틀고 샤워를 하면서 어, 시원하다며 더위를 잊으려 했다. 간사한 동물이 인간이라는 말을 어디선가 들었다. 내가 그 지경이다. 부끄러움을 부끄러운 줄도 모르는 잘난 인간이 되어 아버지의 임종마저 지켜드리지 못했다.

나무는 깜깜한 어둠 속에서도 낮에 하던 그대로 꼿꼿하다. 그런데 만물의 영장이라는 사람은 낮과 밤이 전혀 다른 얼굴을 한다. 환한 대낮에는 그럴 수 없이 선해 보이던 사람이었다. 그런데 깜깜한 어둠 속에서는 어둠의 너울을 둘러쓰고 남을 속이고 남을 짓밟고 남을 벼랑 끝으로 처박으려는 음모가 사방에서 엉큼하게 눈을 뜬다. 남의 자리를 노려 등을 쳐먹는 자가 날이 밝으면 또 가장 선한 척 멀쩡한 얼굴을 들고 거리를 활보한다. 칠면조 같은 인간형이 오히려 득세하고 떵떵거리는 세상 아닌가.

불볕 아래 선 나무는 불볕 아래 서 있다. 여름은 더워야 여름이라는 말을 할까 어쩔까. 나는 그만 입을 다문다.

너덜거리는 벽지

　서너 자쯤 찢어진 벽지가 너덜거리고 있다. 언젠가 본 플래카드
도 길 위에서 찢어진 깃발처럼 너덜거리고 있었다.

　너덜거리는 것은 찢어진다. 찢어지고자 너덜거린다. 이렇게 찢어
짐과 너덜거림을 보는 눈에 너덜거리는 차림새를 한 품바가 떠오른
다. 저고리며 바지는 어디 성한 곳이라곤 한군데도 찾아볼 수 없는
누더기 차림이다. 알록달록하게 분장한 품바 놀이꾼은 으레 그래야
만 구경꾼의 호감을 더 많이 산다.

　피카소의 「게르니카」를 떠올린 것도 그 품바 놀이꾼에서였다면 당
치도 않은 연상 고리일까. 전쟁의 참혹함을 그린 「게르니카」를 품바
에 빗대는 것은 당연히 어긋난 발상이다. 하지만 황폐하게 망가진
민심, 몰골을 알 수 없게 파괴된 도시 구조는 다 망가진 품바 같은
처지와 비슷하지 않나 싶다.

　품바가 만약 말끔한 옷차림으로 꽹과리를 치고 사설을 늘어놓는
다면 흥미는 전혀 느낄 수 없다. 그리고 보니 분장의 효과가 품바의
생명이다. 내 생각의 뿌리에도 품바 같은 얼크러진 무엇이 있었으
면 했다. 저고리인지 바지인지 전혀 구별할 수 없는 옷차림, 눈인지

코인지 문드러진 얼굴이 된 광대의 분장 효과는 구경하는 사람의 마음에 절로 박수를 치게 한다. 꽹과리의 낮고 높은 소리의 변주는 인간 세상의 희로애락을 불러일으키는 어떤 마성조차 지닌 듯하다.

마음에 차지 않아 써놓은 글을 왕창 뭉개버린 적이 한두 번이 아니다. 가만히 생각하니 지나치게 밋밋했다. 그 밋밋함에서 글의 깊이를 헤아리기란 터무니없는 품수다. 왜 그럴까 하고 생각하는 귀에 들리는 것이 있다. 품바놀이 마당의 꽹과리 소리였다. 꽹과리 소리는 한 가지 소리만은 아니다. 높고 낮은 소리 속에 흐르는 소리의 결을 들었을 때 아, 이거다 하고 마음으로 무릎을 쳤다.

꽹과리 소리는 해 질 무렵의 붉은 놀빛을 닮는다. 그 애틋함을 닮는다. 산기슭을 타고 내리는 해거름은 느린 듯 하지만 그 속에 한 세상이 저무는 소리를 간직한다. 해거름이 진 다음에 떠오르는 둥근 달, 그 달에 꽹과리 소리가 잠긴다. 그 달에서 듣는 강물 소리다. 그 강물에 덧없이 흘러가는 나룻배 소리다.

꽹과리 소리에서 「게르니카」를 읽고 「게르니카」에서 꽹과리 소리를 읽을 수 있지 않겠느냐. 터무니없는 연상이지만 그렇게라도 하는 것이 품바를 보는 맛이기도 하다. 품바에 휘둘린 나는 뜻밖의 잔잔한 기쁨에 철없이 들뜨기도 한다.

찢어진 벽지가 또 너덜거린다. 폐가의 적막을 드러낸 몸짓이라는 말이 입에 닿는다.

별표

창밖이 캄캄하다. 어둠이란 검은 장막이 세상을 시커멓게 보쌈질을 했다. 다시 보아도 암흑 덩어리다. 암흑과 함께 하는 시간이다. 이렇게 말을 하는데 저 멀리서 별이 아닌 불빛이 보인다.

낮에 본 건너편 산 아래 마을의 불빛이 나 여기 잘 살고 있다는 시늉을 한다. 또 오른쪽 마을에는 십자가의 빨간 불빛이 불꽃처럼 높이 솟아올랐다. 도시에서는 불빛이 보일 뿐 별은 어쩌다 여기 한 점 저기 한 점씩 떠 있을 뿐이다. 불빛이 별을 잡아먹고 별 시늉을 하는 것이 도시의 밤 풍경이다. 거기 길들어 도시 사람은 굳이 별을 보고자 하지 않는다. 산골 마을에서 바라보는 밤하늘은 쏟아질 듯 눈부신 별천지에 오히려 더럭 겁이 나기도 했다.

어느 지인의 집을 찾아 출입문 밖에 서 있는데 몇 개의 무슨 숫자 끝에 별표를 찍으라고 인터폰이 말을 했다. 별이 나를 안내하는구나 하면서 모처럼 문 안으로 들어설 수 있었다. 옛날 시골집 지붕 위에는 쏟아질 듯 많은 별무리가 눈을 어지럽게 했다. 도시의 집을 찾아가는 현관에는 으리으리한 별이 견장처럼 반짝이곤 한다. 별과는 전혀 인연이 먼 나를 현관문 앞에서 다시 보는 건 좀 머리를 갸

우뚝하게 하는 일이다.

어린 손자 녀석이 벽에 뭔가를 다닥다닥 붙이는데 반짝거리는 별표 스티커다. 지난 성탄절 때 크리스마스 트리에 달던 반짝거리는 별을 손자는 생각하고 있었는지 모른다. 벽 한쪽이 갑자기 크리스마스 트리처럼 반짝거린다.

도시에서는 은하수를 놓치고 산다. 어찌 그만이랴. 북두칠성, 북극성, 성운의 스펙트럼이라는 말조차 잊은 지 오래다. 별은 별의 세계를 구축하며 별들끼리 오가는 장관을 이룬다. 그러고 보면 별의 세계에도 있음직한 춘하추동을 생각하는 날은 새삼 고개를 들어 밤하늘에 부지런히 눈을 판다.

어느 그림을 보다가 유에프오UFO같은 별무리를 연상하고 있었다. 누가 천공에서 원반을 던진 것 같았다. 우주 밖의 세계에서 우주 안의 세계로 날아든 원반에 놀란 적이 있다. 놀라면서 산다는 말을 그때 뜬금없이 뇌까리곤 했다.

별의 세계는 어릴 때나 지금이나 놀라움이다. 별표를 찍은 나는 그 놀라움을 찾아가는 길이라는 것을 어렴풋이 짐작하곤 했다. 그런 짐작이나마 하라고 도시의 밤하늘에는 어쩌다 하나둘 별이 뜬다.

날을 잡아 산골 마을에 가서 하룻밤이나마 한껏 별을 만나고 싶다.

월미도

　달은 제 몸에 키를 달고 있다. 꽁무니에 매달린 키로 방향 조절을 하는 목선처럼 꽁무니로 중심을 잡는 달이다. 꽁무니의 키를 안전하게 운용할 줄 아는 초승달, 그믐달이다.

　월미도月尾島를 생각하는 날은 달의 꽁무니가 창문에 걸린다.

　아름다운 눈썹[眉]의 상징으로 달을 풀이하는 일도 그다지 어긋난 일은 아니겠다. 밤하늘에 홀로 뜬 달을 쓸쓸함의 상징이라고 의미를 둔다면 좀 소박한 비유다. 지상의 사람들이 흠모하는 달은 눈썹이 갸름하다. 토속 신앙은 음력 정월 대보름마다 달집을 태우면서 기복을 한다. 달을 숭상하는 아름다움이다. 그래선지 나는 월미도를 월미도月眉島라고 쓰고 싶다.

　쇼펜하우어가 말한 위대한 사람을 달에 빗대어본다. 위대한 사람은 멀리 있을수록 커 보이는데 가까이서 보면 흠집이 보인다고 그는 말했다. 그리운 달을 위대한 사람으로 여긴들 누가 시비를 걸어올 사람은 전혀 없을 성싶다.

　월미도에 가본 적은 없다. 그러나 지금 내 마음 속에 월미도가 있고 월미도 속에 내가 있다며 달 속의 월미도越美圖를 보고 있다. 절구통에 절구질을 하는 토끼를 보고 있다. 계수나무 그늘 아래 낮잠을 즐기는 망중한忙中閑에 든 평화로운 꿈을 보고 있다.

인간의 엉덩이에 달려 있던 꽁지가 사라진 다음 인간은 그가 가야할 방향을 잃어버리고 갈팡질팡하는 세상이 되고 말았다. 내 생각은 옳고 네 생각은 그르다고 고집부리는 인간은 키를 잃은 독선자일 뿐 타협을 모르는 아집으로 똘똘 뭉친 옹고집쟁이다. 내 생각만으로 뺑뺑이를 돌며 상대를 헐뜯거나 업신여기는 아집과 잔꾀로 윗사람에게 빌붙는 아첨파도 있다. 나 또한 그런 부류인데 아닌 척 혹 넉살을 떠는 좀생이는 아닌가. 월미도는 그런 약아빠진 겉치레에서 벗어나라고 타이르는 듯하다.

꼬리는 중심을 잡아주는 든든한 추錘다. 추를 잘 잡아야 한다고 월미도가 타이른다. 추를 놓친 인간은 운전대를 놓친 자동차며 기차나 다름없을 것이다. 그런 점 추는 목표를 향하여 가는 방향 지시기다. 세월이 흘러도 사라지지 않는 꼬리는 초승달을 낳고 보름달을 낳고 그믐달을 낳는다.

흔들리는 삶의 중심을 잡아주는 꼬리. 월미도는 잃어버린 중심을 잡아야 한다고 타일러 주는 것 같다.

전자파 세상

한 시간 넘게 지하철을 타고 가는 길이다. 이만한 시간이면 글의 씨앗 하나쯤 얻어걸릴지 모른다. 마음을 활짝 열어두기로 한다.

내 생각을 우습게 아는지 씨앗은 마음에도 눈에도 좀체 띄지 않는다. 맞은편에 앉은 승객의 신발들이 눈에 들어온다. 신발짝이 내 생각을 가로막고 있을까. 운동화 등산화 하이힐 그리고 반질한 신사화 등이 나를 놀리는 것 같다.

러시아의 지하철 안에서는 남녀노소 없이 종이책을 읽는 승객이 많더라, 웬만한 식당 출입은 정장 차림으로 예를 갖추더라, 오페라 관객들도 외투를 벗고 말끔한 정장 차림으로 입장하더라는 지인의 러시아 여행담이 뜬금없이 머리에 떠오른다.

낡은 신발 같은 나는 신발 편이 되어 신발에나 우두커니 눈을 팔기로 한다. 신발을 보는 눈에 그 신발을 신은 사람의 얼굴이 궁금하여 살짝 고개를 든다. 맞은편 사람을 보는 시선은 낯간지럽긴 하다. 반질한 하이힐의 주인공은 자세가 반듯하다. 검은 운동화의 주인공은 이제 막 운동장에서 뛰다가 온 듯 얼굴에 땀이 흐르는 듯하다. 그런데 신발의 주인공들은 스마트폰에만 얼굴을 파묻고 있다. 전자만능 시대는 사람들의 얼굴을 스마트폰이 차지한다.

러시아 사람은 우리나라의 지하철 풍경을 뭐라고 할까. 러시아에 비하면 도대체 어디 붙어 있는지 분간조차 할 수 없는 국토 면적이다. 끝이 보이지 않는 광활한 평원, 빙판으로 가득한 툰드라 지대의 바람을 보라고 그들이 속으로 타이르고 있을지 혹 모른다.

하루는 전기장판을 깔고 따끈하게 앉아 있었다. 그런데 장판 한 귀퉁이에 글자 몇 개가 눈에 들어왔다. 전자파 염려는 없다고 했다. 전자파가 몸에 어떤 영향을 끼치는지 구체적으로 아는 것이 그다지 없다. 스마트폰에도 있다는 전자파 아닌가. 지하철 안이든 어디든 그물처럼 깔린 전자파 속에서 먹고 자는 생활은 전자파로 시작되고 전자파로 끝나는 전자파 세상이나 다름없다.

스마트폰 전자파가 글의 씨앗에 어떤 온기가 될 것이라며 나는 가볍게 들뜬다. 전자파를 가득 싣고 전자파와 함께 어디만큼 가고 있는 지하철이다.

유병근 수필가

1932년 8월 5일 경남 통영시 광도면 죽림리 187번지에서 출생
1954년 고석규 조영서 손경하 하연승 시인 등과 「신작품」 동인 활동
1970년 《월간문학》으로 등단

| 시집 |

1978년 沿岸集 (연문사)
1983년 遺作展 (세화기획)
1986년 西神캠프 (시로)
1988년 지난 겨울 (시로)
1990년 사일구 유사 (시로)
1993년 설사당꽃이 떠나고 있다 (전망)
1995년 금정산 (한국문연)
1998년 돌 속에 꽃이 핀다 (빛남)
2001년 곰팡이를 뜯었다 (시와 사상)
2005년 엔지세상 (작가마을)
2008년 소낙눈 (신생)
2010년 까치똥 (작가마을)
2012년 통영벅수 (작가마을)
2013년 어쩌면 한갓지다 (작가마을)
2015년 어깨에 쌓인 무게는 털지 않는다 (작가마을)
2018년 꽃도 물빛을 낯가림한다 (작가마을)

| 수필집 |

1980년 협주곡 (친학사)

1981년 허명놀이 (관동출판사)

1990년 목재수필 (시로)

1992년 연등기행 (빛남)

1997년 춤과 피리 (수필과 비평사)

2000년 덫을 찾아서 (신아출판사)

2000년 술래의 꿈 (수필선집-교음사)

2002년 유병근 수필기행 (신아출판사)

2006년 꽃이 멀다 (신아출판사)

2012년 아이스댄싱 (작가마을)

2017년 아으 동동 (작가마을)

| 상벌관계 |

현대수필문학상 (1990년)

우봉문학상 (1992년)

춘강문예창작기금 (1992년)

부산시인협회상 (1995년)

영호남수필문학 대상 (1998년)

신곡문학상/대상 (2000년)

최계락문학상 (2005년)

부산예술상 (2006년/부산광역시 예술연합회)

부산시 문화상 (2008년/문학분야)

올해의 수필가상 (2011년/제11회 수필의 날 한국수필가협회)

부산원로문학상 (2017년 부산문인협회)

| 영면 |

2021년 4월 23일 금요일 새벽 향년 90세로 영원한 문학의 숲에 들다.

횡포가 나를 키운다
유병근 유고 수필집

초판인쇄 | 2023년 10월 20일
초판발행 | 2023년 10월 25일

지 은 이 | 유병근
펴 낸 이 | 배재경
디 자 인 | 조민지
펴 낸 곳 | 도서출판 작가마을
등   록 | 제 2002-000012호
주   소 | (48931) 부산광역시 중구 대청로141번길 3 (중앙동, 501호 다온빌딩)
         T. 051-248-4145, 2598   F. 051-248-0723   E. seepoet@hanmail.net

ISBN 979-11-5606-235-6 3810   정가 15,000원